멱운 퓨전 판타지 장편소설
FUSION FANTASTIC STORY

전공 삼국지 2

멱운 장편 소설

초판 1쇄 찍은 날 § 2015년 8월 3일
초판 1쇄 펴낸 날 § 2015년 8월 11일

지은이 § 멱운
펴낸이 § 서경석

편집책임 § 한준만

펴낸곳 § 도서출판 청어람
등록번호 § 제387-1999-000006호
등록일자 § 1999. 5. 31
어람번호 § 제1-2194호

주소 § 경기도 부천시 원미구 부일로 483번길 40 서경B/D 3F (우) 420-822
전화 § 032-656-4452   팩스 § 032-656-4453
http://www.chungeoram.com
E-mail § chungeorambook@daum.net

멱운, 2015

ISBN 979-11-04-90355-7 04810
ISBN 979-11-04-90353-3 (세트)

三國志

찐꽁

삼국지

2

떡운 장편 소설
FUSION FANTASTIC STORY

도서출판 청어람

第一章
후계자 문제

　세월은 살같이 흘러 군자군이 오현으로 이주한 지도 어느
덧 석 달이 넘었다. 그사이 서주의 정세에도 많은 변화가 있
었다.

　원기를 조금 회복했다지만 인구가 대폭 감소한 탓에 인력과
물자가 모두 부족하여 경제와 민생의 회복 속도는 더디기만
했다.

　그러자 서주 경내의 대소 군벌과 비적들이 기회를 틈타 세
력을 크게 확장시켰다.

　개양 일대에 도사리고 있는 장패의 군사력은 서주의 전력을

넘어선 지 이미 오래였고, 광릉(廣陵) 쪽에서는 착융이 만여 명
의 오합지졸을 끌어 모아 위세를 떨쳤다.

착융이 오만무도하게 '도겸을 사로잡아 조조에게 바치고 서
주를 보위하자'라는 구호를 내걸었지만 도겸은 통탄할 뿐 아
무런 대응도 하지 못했다.

물론 소패에 주둔하고 있는 유비도 빼놓을 수 없었다.

그는 소패에 온 이후로 요역과 부세를 덜어주어 백성에게
휴양생식의 기회를 줌으로써 빠른 시간 안에 소패의 민심을
얻었다.

또한 유비의 선정을 듣고 난민들이 속속 소패로 몰려들면서
유비의 공덕을 기리는 노래가 사방으로 퍼져 나갔다.

＊   ＊   ＊

7월 중순, 미방이 유비를 다시 찾았다. 유비는 관우, 장비에
게 군대 점호를 맡기고 미방과 밀담을 나누었다. 좌우를 물리
친 유비가 단도직입적으로 물었다.

"도응 쪽 상황은 어떻소? 최근 별다른 움직임은 없었소이
까?"

"도응은 줄곧 오현에서 군사 훈련을 하며 한 번도 서주로
돌아오지 않았습니다. 오현 주변 20리를 금지 구역으로 획정

하고 백성의 출입을 엄금하고 있습니다. 괜한 오해를 살까 우려해 오현 내부로 사람을 잠입시키진 않아 자세한 상황은 모르겠는데, 최근 들어 훈련에 화살 소모가 매우 많아 조굉이 화살 제조 장인 50명과 다량의 재료를 보낸 일이 있었습니다."

"화살 소모가 매우 많았다고?"

유비는 미간을 찌푸리며 도응이 또 무슨 꿍꿍이를 꾸민다고 생각했다.

설마 마궁수 부대를 만들려는 걸까?

여기까지 생각한 후 유비는 다시 미방에게 물었다.

"오현에서 도응의 시정(施政)은 어떠하오? 백성에게 인정을 베풀더이까?"

"유비 공은 마음 놓으십시오. 시정 방면은 아무래도 부친만 못합니다. 정보를 수집해 본 결과, 큰 과오가 없는 데 불과합니다. 공처럼 많은 백성이 투신하지도 않았고, 황무지를 개간해 민생을 도모하지도 않았습니다. 단지 백성들에게 행패를 부리지 않도록 군사들을 통제하는 정도입니다."

유비는 마음속으로 미방의 어리석음을 꾸짖었다.

도응이 4월 초에야 오현으로 부임했는데 황무지 개간과 민생 도모가 나보다 나을 리 없지 않은가?

또 시정에 과오가 없다는 건 사람됨이 신중하고 실속 있어서 쓸데없는 공을 탐하거나 무모하게 일을 처리하지 않았다는 말 아닌가?

그야말로 도겸이 딱 바라는 후계자가 아닌가?

유비는 미방에게서 도응의 정보를 더는 얻기 어렵다고 여겨 이번에는 도겸에 대해 물었다.

"자방, 최근 도 사군의 건강은 어떠하시오? 병세는 호전될 가능성이 있소?"

미방은 잠시 주저하다가 어렵게 말을 꺼냈다.

"그게… 공께서 실망하실 소식이라……. 최근 도 사군의 병세가 크게 호전되었습니다. 근래에 내린 비 덕에 날씨가 습해져서 천식도 겨울처럼 심하지 않습니다."

"허허, 자방은 농담도 심하시오. 도 사군의 병세가 호전됐는데 이 유비가 실망하다니요?"

유비는 말은 이렇게 했지만 속으로는 답답하기 짝이 없었다. 늙고 병들었으면 그만 가주는 것이 도리거늘?

"미방의 말이 지나쳤습니다. 공께 용서를 구합니다."

그러고는 잠시 쭈뼛거리다가 좌우에 사람이 없는 것을 확인한 후 낮은 목소리로 말했다.

"유비 공, 도 사군 사후의 일은 마련해 두셨는지요?"

유비가 눈썹을 살짝 움직일 뿐 아무런 대꾸가 없자 미방이 다시 말했다.

"도 사군 사후 바로 기회를 잡지 못한다면 후계자 자리는 도웅이나 도상에게 돌아갑니다. 일전에 공께서 두 차례나 서주 접수를 거부하셔서 이미 좋은 기회를 잃었습니다. 게다가 명성이 천하를 덮고 서주의 민심이 쏟아진 도웅을 후계자로 키우고 있습니다. 시일을 지체하다 후계자가 확정되면 공께서 서주를 취하기 어려워집니다."

미방의 얘기를 가만히 듣고 있던 유비가 은근한 목소리로 입을 열었다.

"도 사군이 아직 후계자를 세우지 않았지만, 설사 서주의 후계자를 지정한다고 해도 후한 은혜를 입은 이 유비가 어찌 차마 그들 부자의 기업을 빼앗을 수 있겠소?"

전혀 예상 못 한 유비의 말에 다급해진 미방의 목소리가 점점 높아졌다.

"서주는 대한의 토지요, 공은 황친인데 정당한 권리를 어찌 도가에게 양보하려 하십니까? 게다가 서주는 사방으로 적의 공격을 받기 쉬워 난리를 통제하지 못하면 절대 다스릴 수 없습니다. 이런 상황에서 서주가 도상, 도웅 손에 들어가 백성이 도탄에 빠지고 피가 내를 이루는 참상이 벌어진데도 그냥 지켜보실 생각이십니까?"

유비는 고개를 저으며 차분하게 말했다.

"그대의 말은 틀렸소. 내 보기에 도상은 천성이 어질고 효

성스러운 데다 박학다식하여 도 공의 후계자로 손색이 없소. 자방과 자중아 빨리 도 사군께 도상을 후계로 삼으라는 표를 올리면 이 비도 온 힘을 다해 도상 공자의 대업을 보좌하리다."

이 말에 미방은 펄쩍 뛰며 소리쳤다.

"지금 농담하십니까? 도상을 후계자로 추천하라니요? 도대체 무슨 심산입니까?"

유비는 제 말뜻을 이해 못 하는 미방을 답답해하며 차근차근 설명해 주었다.

"그대가 보기에 도상과 도응 중 누가 더 상대하기 어렵소?"

"당연히 도응이 쉬운 상대가 아니지요. 책략이 뛰어난 데다 야심만만하고 형보다 간사하기 이를 데 없지 않습니까?"

"기왕 그렇다면 왜 도상을 후계자로 삼길 막는 것이오? 예로부터 장자를 폐하고 서자를 세우면 난리가 일어나는 법이니 도 사군이 장자인 도상을 후계자로 세우면 도응은 이에 불만을 품고 찬역을 일으킬 것이오. 이때 비가 군대를 일으켜 도상을 위해 역적을 제거하면 일이 쉽게 풀릴 것 아니오?"

미방은 그제야 무슨 뜻인지 알아차리고 무릎을 세게 치며 흥분해서 외쳤다.

"아, 이제 알겠습니다! 도상과 도응 형제의 상쟁을 통해 어부지리를 얻는 것이로군요! 미방이 서주성으로 돌아가 형님에게 이를 아뢰고 계책을 마련하겠습니다."

유비는 고개를 끄덕이며 입가에 엷은 미소를 띠었다.

"서주의 문무 관원을 협박해서라도 도 사군이 절대 장자를 폐하는 일은 막아야만 하오."

미방은 유비의 말에 읍하고 그 즉시 서주로 돌아갔다.

＊　　　＊　　　＊

7월 13일, 서주성을 떠난 지 세 달여 된 도웅이 경기(輕騎) 30기를 거느리고 돌아왔다.

그가 급히 돌아온 이유는 서주 문무 관원들이 갑자기 도겸에게 후계자 문제를 거론했기 때문이다. 이들은 대의명분을 내세우며 장자인 도상을 후계자로 삼아야 한다고 도겸을 부추겼다.

서주를 도상에게 물려주면 어떤 결과가 나타날지 빤히 알고 있는 도겸은 생각할 것도 없이 관원들의 요청을 거절했다.

그런데 이때 도겸은 큰 실수를 저지르고 말았다. 바로 차자인 도웅의 이름을 거론한 것이었다.

도웅의 이름이 나오자마자 미축 형제는 기다렸다는 듯 장자를 폐하고 아우를 세웠다가 재앙을 부른 사례를 열거하며 도응의 말에 단호히 반대했다.

진부한 유생 무리들 역시 미축 형제의 말에 맞장구를 치며 당장 도상을 후계자로 삼아야 한다고 다그치자 도겸은 언짢은 기색을 띤 채 아무 말 없이 퇴청해 버렸다.

서주성으로 돌아온 도응은 즉시 도겸의 처소로 찾아갔다. 이때 도응의 눈에 산더미처럼 쌓인 죽간을 펼쳐 읽는 도겸의 모습이 들어왔다. 도응은 재빨리 책상 앞에 무릎을 꿇고 예를 행했다.

"도응, 부친께 인사 올립니다. 백여 일을 뵙지 못했는데 기체후 일향만강 하시옵니까?"

"응아, 어찌된 일이냐?"

도겸은 갑작스런 아들의 출현에 깜짝 놀라며 자리에서 일어나 도응을 일으켜 세우고 만면에 희색을 띠었다.

"서주성에는 언제 돌아온 것이냐? 아비에게 미리 알렸다면 마중이라도 나갔을 것 아니냐?"

"소자, 갑자기 부친이 그리운 마음에 미리 아뢰지도 못하고 찾아왔습니다."

"그래, 잘 왔구나. 날 생각해 주는 건 아들뿐이야, 하하!"

도겸은 도응의 어깨를 두드리며 호탕하게 웃더니 갑자기 엷은 미소를 띠고 단도직입적으로 물었다.

"이번에 급히 돌아온 것은 백관들이 아비에게 후계자를 세우라고 주청한 일 때문이더냐?"

"역시 아버지의 눈은 속일 수 없습니다."

"백관들은 네 형을 후계자로 삼으라는데 내 생각은 어떠하냐?"

"소자는 반대합니다. 물론 형님과 후계자 자리를 다투기 위해서가 아닙니다. 부친께서 누구를 후계자로 세우든 귀 큰 도적놈의 간계에 떨어지게 됩니다."

이 말에 도겸의 흰 눈썹이 꿈틀했다.

"유현덕의 간계에 떨어진다고? 무슨 말인지 소상히 얘기해 보거라."

"소자가 보기에 이번 후계자 책봉 건은 막후에서 유비가 사주한 것이 틀림없습니다. 일단 그의 의도대로 형님이나 저 중 누구를 후계자로 세우면 유비에게 서주를 병탄할 기회를 주게 됩니다. 부친께서는 이를 간파하셨습니까?"

도겸은 갑자기 표정이 굳더니 다급하게 물었다.

"아비의 생각은 묻지 말고 얼른 그 이유나 말하거라."

"형님을 후계자로 삼으면 유비는 틀림없이 형님을 자기편으로 끌어들인 후 주색에 빠뜨리고 아부를 떨어 형님의 환심을 사고 신임을 얻을 것입니다. 이어서 형님을 사주해 골육상잔을 일으켜 어부지리를 취하려 할 것입니다. 이때 소자가 참지 못하고 들고 일어나면 서주목 자리를 노린다는 대역부도의 죄를 덮어씌울 것이 분명합니다. 이후 무력으로 소자를 제압하고 우리 도가의 역량을 약화시키면 서주를 취하기란 여반장처럼 쉬운 일이 됩니다. 반대로 소자가 화를 참으면 유비는 형님을 제압하고 형님의 이름으로 소자의 병권을 빼앗은 후 소자를 궁벽한 지방으로 유배 보낼 것입니다. 이후의 일이야 눈 감고도 빤히 알 수 있는 일입니다."

도겸은 가만히 아들의 얘기를 듣다가 다시 물었다.

"그럼 너를 후계자로 삼으면 유비는 어떻게 어부지리를 취할 수 있는 것이냐?"

"소자를 후계자로 세우면 유비에게 더욱 유리해집니다. 미축 형제를 필두로 자고이래 적자를 폐하고 다른 아들을 후계자로 삼는 것은 난리의 근본이라는 이유로 매일 상소를 올려 반대할 것이 분명합니다. 이로 인해 삽시간에 서주가 어지러워지면 유비는 적자를 후계자로 삼아야 한다는 명분으로 군대를 일으켜 서주를 접수할 것입니다."

도겸은 벽에 기대 아들의 얘기를 듣다가 갑자기 웃음을 터뜨렸다.

"아비만큼 자식의 됨됨이를 아는 사람도 없다던데, 갈수록 이 아비의 예상을 뛰어넘는구나. 실로 감탄이 절로 나온다!"

"부친의 과찬에 몸 둘 바를 모르겠습니다. 어쨌든 부친께서도 이에 대한 대비는 반드시 해둘 필요가 있습니다."

도겸은 흰 수염을 어루만지며 너털웃음을 지었다.

"그리 말하는 걸 보니 방법이 있단 말이구나."

"소자가 이번에 급히 달려온 것은 부친의 근심을 풀어드리기 위함입니다. 소자에게 한 가지 계책이 있습니다. 이 계책이면 유비의 궤계를 무너뜨리고 서주 백관의 입을 막을 수 있을 뿐 아니라 나아가 유비와 그의 친밀한 동맹 사이에 틈이 생기고 서로 시기하게 만들 수 있습니다."

이 말에 도겸의 눈이 갑자기 번뜩였다.

"그런 묘책이 있단 말이냐? 얼른 말해보아라."

"소자의 계책은 기실 매우 간단합니다. 부친께서는 먼저 후계자를 가려 세우시기만 하면 됩니다."

이번에는 도겸의 눈이 휘둥그레졌다.

"지금 후계자를 정하면 유비의 궤계에 떨어진다더니, 다시 후계자를 세우라고 권하는 건 대체 무슨 의미냐?"

도응은 살며시 미소를 짓고 대답했다.

"소자가 말씀드린 후계자 책정은 일반적인 후계자 책정과 완전히 다릅니다. 여기에는 비밀이 숨겨져 있습니다."

"대체 어떤 비밀이냐?"

"먼저 철 상자를 만들고 열쇠 세 벌을 준비하십시오. 그런 다음 부친께서는 백관을 소집하여 그들이 보는 앞에서 후계자를 적은 문서를 상자 안에 넣고 열쇠로 잠그고 봉인을 붙이십시오. 다시 이 철 상자를 자사부의 대청 대들보에 보관하고 열쇠 세 벌을 부친께서 신임하는 서주 중신 세 명에게 각각 나눠주십시오. 부친의 백세지후(百歲之後)가 되면 이 세 명이 사람들 앞에서 철 상자를 열어 부친의 뜻을 낭독하고 후계자가 자리를 계승하면 되는 것입니다."

"오, 절묘하구나!"

도겸은 그 자리에서 무릎을 치고 만면에 희색을 띠었다.

"이렇게 하면 백관들의 분란을 잠식시킬 수 있을뿐더러 문서가 위조될 염려도 없으니, 서주는 이 아비가 지정하는 사람에게 돌아가겠구나!"

도응 역시 흐뭇한 미소를 지으며 청나라 황제들에게 감사를 표했다.

이는 황권을 둘러싸고 궁중 암투가 일어나는 것을 막기 위해 청나라에서 시행한 저위밀건법(儲位密建法)을 약간 변형한 것이었다.

도응은 부친에게 한 가지 기쁨을 더 안겨주었다.

"또한 이를 통해 구역질나는 무리들을 단번에 처리해 버리는 효과를 거둘 수 있습니다. 부친께서 이를 시행하시기 전에 미 별가를 단독으로 불러 이 얘기를 넌지시 꺼낸 후 백관들 앞에서 미 별가의 건의에 따라 이런 결정을 내렸다고 선포하십시오. 이렇게 되면 소패에서 몸이 달아 있는 유비는 틀림없이 그를 의심할 것입니다."

도겸은 대체 이놈 머리에 얼마나 많은 계책이 숨겨져 있는지 궁금해 미칠 지경이었다.

"한 가지 더 말씀드릴 것이 있습니다. 열쇠 세 벌을 반드시 비밀리에 서주 중신 세 명에게 나눠주십시오. 그러나 절대 미 별가에게 주어선 안 되고, 마치 그에게 준 것처럼 꾸며 세상 사람들이 그가 꼭 한 벌을 가졌다고 여기도록 만드십시오. 그러면 유비는 미 별가를 더욱 의심해 둘 사이에 틈이 벌어질 것입니다."

도겸은 큰소리로 웃으며 도응의 어깨를 두드려 주었다.

"하하하, 왜 진즉 널 벼슬길로 인도하지 않았을꼬? 네가 일찍 출관했다면 이 아비가 이렇게 힘들지는 않았을 것이다!"

잠시 후 도겸은 웃음을 거두고 도응에게 물었다.

"그런데 응아, 이 문서에 아비가 누구 이름을 쓰길 바라느냐? 너냐 아니면 네 형이냐?"

"소자도 욕심이 있는지라 당연히 제 이름을 써주시길 바랍니다. 그러나 서주는 부친의 기업이니 누구를 써도 원망하지 않겠습니다. 형님이나 저, 심지어 유비의 이름을 쓴다 해도 소자는 부친의 명을 받들어 충심으로 그들을 보좌할 생각입니다."

도겸은 이 자식의 능글맞은 가식까지도 귀엽다는 생각이

들었다. 도겸은 다시 물었다.

"그렇다면 이 열쇠 세 벌은 누구에게 전하는 것이 좋겠느냐?"

"외람되지만 부친의 뜻을 헤아려 보면 하나는 서주의 수석 대장 조표일 것이고, 또 하나는 진규 부자, 나머지 하나는……."

도응은 여기까지 말하고 잠시 주저하더니 말을 이었다.

"하나는 조굉 장군입니까? 하비의 허탐(許耽) 장군도 가질 자격이 충분하고요."

도겸은 천천히 고개를 저었다.

"앞의 두 개는 맞았다만 세 번째는 아니다. 허탐은 조표의 수하라 굳이 그에게 줄 필요는 없다. 또 조굉은 열쇠를 맡길 만한 그릇이 못 된다. 그래서 신분과 지위에 어울리는 자에게 주려고 한다."

"그럼 혹시 일전쌍조를 노리고 세 번째 열쇠를 기도위 장패에게 맡기시려는 것인지요?"

이 말에 도겸은 손바닥을 치며 크게 기뻐했다.

"오, 어찌 알았느냐? 네가 아비 생각을 읽고 있었구나! 그럼 그 일전쌍조가 무엇인지도 말해주겠느냐?"

"장패는 출신이 미천하여 서주 사족과 문벌들에게 줄곧 무시를 당했습니다. 동시에 장패도 성격이 흉포하여 이들을 눈

꿀셔했고, 문벌과 사이가 좋은 부친과도 관계가 껄끄러웠습니다. 장패가 서주 세력과 어울리고 싶어 하지 않아 개양에 웅크리고 있는 통에 부친께서는 그를 통제하기 어려운 상황에 이르렀습니다. 그런데 지금 서주의 원기가 크게 상해 장패의 힘이 필요한 상황이 되다 보니 부친께서는 후계자 문제를 통해 그에게 대임을 맡겨 그의 자존심을 세워줌으로써 장패의 군대를 이용하시려는 것 아닙니까?"

도겸은 아들의 말에 할 말을 잃었다. 자신의 생각을 어찌 이리도 정확히 꿰뚫고 있단 말인가?

이런 자식을 왜 여태까지 못 알아봤는지 한스러울 따름이었다.

그때였다.

"아우! 아우! 웅아—!"

도상이 질풍처럼 방으로 들어와 도응을 껴안고 흐느끼면서 소리쳤다.

"흑흑, 왜 이제 온 것이냐? 형이 널 얼마나 보고 싶었는지 아느냐? 오면 온다고 말이라도 하지!"

서주로 돌아온 도응은 사실 도겸의 부저로 가다가 우연히 조굉과 마주쳤다. 그런데 도상이 미축의 집으로 갔다는 얘길 듣고 혹시 도상이 미축의 간계에 걸릴까 우려해 바로 조굉을 미축의 집으로 보내 도상에게 자신이 온 사실을 알렸다. 그러자 도상은 젓가락을 던져 버리고 도웅을 만나러 한달음에 달려온 것이다.

도상은 미축 형제와 함께한 술자리가 너무 불편했다고 투덜대다가 흥 하면서 소리쳤다.

"무슨 일로 불렀나 했더니, 우리 형제가 후계자 자리를 놓고 다투도록 부추기려는 심산이었어. 글쎄 말끝마다 날 띄워 주면서 후계자는 나밖에 없다고 얘기하는 것 아니겠어?"

"그래서 형님은 뭐라고 대답했습니까?"

"솔직히 대답했지. 아우의 재주가 나보다 백배는 뛰어나서 부친께서 아우를 후계자로 세우실 거라고. 그랬더니 두 형제 얼굴빛이 노래지더라고."

도상은 웃음을 띠면서 도웅에게 간곡하게 말했다.

"아우, 미리 말하겠는데 후계자 자리는 아우 것이네. 그래야 서주가 태평해지고 우리 도가도 흥성할 수 있어. 만약 아우가 내게 자리를 양보하면 도가의 조업을 망가뜨리고 말 거야. 그러니 아우가 꼭 서주의 후계자가 되어야 하네."

"형님, 그런 말씀 마십시오. 예로부터 존비에도 분별이 있고, 형제간에도 순서가 있는 법인데 아우가 어찌 감히……."

"어허, 닥치지 못할까!"

이때 도겸이 도웅의 말을 끊고 웃는 것 같기도 하고 아닌 것 같기도 한 표정으로 꾸짖었다.

"이 불효막심한 놈들 같으니라고. 아비가 눈앞에 버젓이 앉아 있는데 후사를 논하는 자식 놈들이 천하에 어디 있단 말이냐?"

도응과 도상은 재빨리 무릎을 꿇고 사죄했다.

"불효한 자식 놈들을 벌해 주십시오."

"됐다, 그만 일어나라. 참, 상이는 꼭 기억해라. 후에 미축이 다시 후계자 문제를 꺼내거든 부친이 아직 결정을 못 내렸고 우리 형제를 미덥지 않게 여겨 유비 공에게 서주를 양보할지도 모른다고 얘기해라."

도상은 이 말에 고개를 갸웃하며 영문을 모르겠다는 표정을 지었다.

"아우처럼 후덕한 후계자가 있는데, 어찌 서주를 외지인에게 양보하려 하십니까?"

도겸은 얼굴에 미소를 띠고 도상을 타일렀다.

"너는 그리만 얘기하면 된다."

그래도 도상은 부친의 뜻을 이해하지 못해 어리둥절해했다.

이때 도응이 문득 무슨 생각이 났는지 급히 도상에게 물었다.

"참, 오늘 미축 형제가 형님께 혼사를 꺼내지 않았습니까?"

"혼사? 무슨 혼사 말이냐?"

'휴, 미축 형제가 어리석은 형에게 미인계를 쓸 줄 알았더니 다행히 아니었구나.'

도응은 안도의 한숨을 내쉬고 대답했다.

"미 별가의 누이가 꽃같이 아름다운 데다 형님도 아직 정혼하지 않아 형님의 마음을 사려고 혼사를 거론할 줄 알았습니다."

이 말을 듣고 도겸이 중간에 끼어들었다.

"응이가 갑자기 미 별가 누이 얘길 꺼내는 걸 보니 혹시 마음에 있는 것이냐?"

도응은 아무 대답도 하지 않고 그저 웃음만 지을 뿐이었다.

그러자 도상이 손뼉을 치며 말했다.

"하하, 어쩐지 혼인 얘기를 꺼내더라니. 미 별가 누이를 나도 한 번 본 적이 있는데 천하의 절색에 품행도 단정하여 아우와 천상의 배필이 따로 없겠어!"

"역시 조표의 청혼을 거절한 이유가 있었구나. 내 아들이 맘에 들어 하는 여자를 찾았는데 아비가 가만있어서야 되겠느냐? 내일 당장 미축에게 혼담을 꺼내보겠다."

도응은 얼굴이 시뻘게져 우물거렸다.

"그게……."

"어쨌든 아비가 도울 수 있는 만큼은 도와야지."

그러더니 도겸은 혼잣말로 중얼거렸다.

"이것이 미축 형제에게 주는 마지막 기회가 될 것이야."

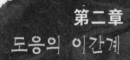

第二章

도응의 이간계

　이튿날 도겸은 사람을 보내 미축을 서주 부저로 불렀다. 때마침 미축은 도응이 후계자 문제 때문에 서주로 돌아온 건 확실한데, 이어서 어떤 행보를 보일지 몰라 미방과 함께 골똘히 고민 중이었다. 물론 사람을 이미 소패로 보내 유비에게 조언을 구해놓은 상태긴 했다.

　갑작스런 도겸의 부름에 미축은 꺼림칙한 기분이 들었다. 그렇다고 가지 않을 수도 없는 상황이라 할 수 없이 의관을 차려입고 도겸의 부저로 향했다. 형의 안전이 걱정된 미방은 친히 수종 수십 명을 거느리고 미축과 함께 도겸의 부저로 가

문밖에서 안절부절못하며 대기하고 있었다.

미축이 자사부로 들어간 지 한참만에야 아무 탈 없이 걸어 나오자, 미방은 한숨을 내쉰 후 다급히 물었다.

"형님, 도겸이 무슨 일로 부른 것이랍니까?"

"주공이 혼담을 꺼내더구나. 누이인 미정을 도응에게 시집보내 두 집안이 혼인을 맺자고 말이야."

이 말에 미방은 발연대로하며 말했다.

"미정을 도응에게 시집보내라고? 범의 딸을 어찌 개의 자식에게… 도겸이 뻔뻔하기 그지없습니다. 절대 허락하지 마십시오!"

"입 닥쳐라!"

미축은 낮은 목소리로 다급히 소리치더니 좌우를 두리번거리며 살폈다. 다행히 아무도 없는 것을 확인하고 미방을 꾸짖었다.

"여기가 어딘 줄 알고 함부로 입을 놀리느냐? 죽고 싶어 환장한 게냐!"

"잘못했습니다, 형님. 도응이 주제도 모르고 못 오를 나무를 넘본다는 생각에 화가 나서 그만… 이는 분명 도응이 뒤에서 아비를 조종한 게 틀림없습니다. 그날 누이를 보고 침을 흘리던 그놈 모습만 떠올리면… 에이, 생각하기도 싫습니다. 참, 허락하신 건 아니죠?"

"미쳤느냐? 그런 놈에게 미정이 가당키나 하단 말이냐? 하지만 이 일로 도겸과 척을 질 각오는 해야 한다."

이때 미방이 문득 무슨 생각이 들었는지 급히 미축에게 말했다.

"갑자기 떠오른 생각인데, 유비 공에게 누이를 시집보내는 건 어떨까요? 그러면 공과의 관계가 더 돈독해질 것 아닙니까?"

"나도 이미 그런 생각을 가졌다. 다만 공에게 이미 처실이 있어서 말을 꺼내기 쉽지 않구나. 여기는 얘기할 곳이 못 되니 일단 마차에 타자. 집에 가서 좀 더 의논해 보자꾸나."

둘은 자사부를 나와 마차로 향했다. 미축은 마차 안으로 몸을 밀어 넣으려다가 무심결에 자사부의 대문 쪽으로 고개를 돌렸는데, 뜻밖에 도옹이 편복을 입고 뒷짐을 진 채 문 앞에 서 있는 것이 아닌가. 자기 형제를 보고 빙그레 웃는 모습에 미축은 그만 소름이 돋았다.

'혼담을 거절했는데도 웃음을 보이다니, 대체 저놈은 속에 구렁이를 몇 마리나 가지고 있단 말이냐!'

미축은 아예 도옹을 무시해 버리고 마차에 올라탄 후 발을 내려 버렸다. 도옹은 이런 미축 형제의 모습을 보고도 여전히 웃음을 띠었다. 그들의 마차가 모퉁이를 돌아 완전히 사라지자 고개를 끄덕이며 탄식했다.

"마지막 기회마저 차버리다니… 나중에 날 원망하지 마시게나."

*   *   *

도겸의 혼담 요청을 거절한 미축 형제는 언제든지 도겸 부자에게 등을 돌릴 준비가 돼 있었다. 그런데 이튿날 아침 도겸이 사신을 보내 서주 문무 관원을 모두 소집하여 후계자 문제를 논의한다고 알려왔다.

도겸이 이 문제를 질질 끌 것으로 여겼던 미축 형제는 이 소식에 함박웃음을 지었다. 그들은 급히 관복으로 갈아입고 서둘러 자사부로 향했다.

미축 형제가 자사부에 이르렀을 때, 대부분의 관료들은 이미 도착해 있었고 도겸 삼부자만 얼굴을 보이지 않았다. 이들은 삼삼오오 모여 도겸이 누구를 후계자로 선택할지에 대해 갑론을박을 벌이고 있었다.

장중이 어수선해질 때쯤 도겸이 나타났다.

"주공 납시오—!"

당중 호위병의 긴 외침과 함께 몸이 많이 건강해진 도겸이 관복을 입고 모습을 드러냈다.

도상과 도응은 좌우에서 도겸을 부축해 성큼성큼 당 위로

올라갔다. 관직이 없는 도상은 유생 차림을 하고 있었고, 도응은 기세등등하게 온몸에 갑주를 걸치고 뒤로 검은색 피풍(披風)을 둘렀는데, 그 모습에서 영웅의 기개가 느껴졌다.

문무 관원들은 급히 손을 모으고 허리를 굽혀 예를 갖추었다.

"주공께 인사 올립니다!"

도겸은 손을 저은 후 단도직입적으로 말문을 열었다.

"오늘 여러 대인과 장군을 부른 이유는 다른 것이 아니라 노부의 후사 문제를 논의하기 위해서요."

서주 관원들은 숨소리마저 죽인 채 도겸의 말에 귀를 기울였다.

"노부의 병세가 나아졌다고는 하나 이미 예순하고도 셋이 지나 바람 앞의 촛불과도 같소. 만약 후사를 정하지 않았다가 뜻밖의 일이 생긴다면 서주에는 필시 난리가 벌어질 것이오. 그래서 노부는 일찌감치 후계자를 세워 미연의 사태를 방지할 생각이오."

잠시 숨을 고른 도겸이 계속 말을 이었다.

"실은 노부도 진즉 이런 마음을 먹었지만 두 아들의 덕과 재주가 부족해 대임을 맡기 어려웠소. 이에 일찍이 이런 생각을 접었고, 후에 두 차례나 유현덕에게 서주를 양보했는데 많은 대소 신료들이 반대하는 통에……"

도겸은 여기까지 말한 후 갑자기 미축을 가리키며 탄식했다.

"미 별가는 노부가 서주를 유현덕에게 양보하는 데 극력 반대했소. 또 노부에게 이리 권하기도 했소. 어렸을 때 영리하다고 커서도 반드시 현명하란 법이 없는 것처럼 대기는 늦게 이루어지니 아들들을 자세히 관찰했다가 다시 정해도 늦지 않는다고 말이오. 이에 미 별가의 건의를 받아들여 현덕에게 서주를 세 번째로 양보하는 걸 포기했소."

"풋!"

도응의 입에서는 하마터면 웃음이 터질 뻔했다.

"아니, 그런 일이 있었어?"

여기저기서 웅성거리는 소리가 터져 나오며 모든 눈빛이 미축에게 집중되었다. 물론 그를 양다리 걸치는 교활한 놈으로 보는 눈빛을 하고 말이다. 난처해진 미축은 다급히 도겸에게 말했다.

"주공, 미축이 언제 그런 말씀을 드렸습니까? 저는 기억이 전혀 없습니다."

"별가는 겸손해하지 마시오. 이제 다 지나간 일이니 굳이 따질 필요 있겠소."

도겸은 입가에 미소를 걸고 고개를 내젓더니 옆에 있던 조굉에게 분부했다.

"조굉, 그 물건을 가져오게."

조굉이 고개를 숙여 대답하고 곧 거무충충한 철 상자를 바쳤다. 관원들이 유심히 살펴보니 이 철 상자에는 자물쇠가 세 개 달렸고, 채후지(蔡侯紙)로 만든 봉인이 붙여져 있었다. 봉인에는 또 날짜와 도겸의 서주목 대인(大印)이 찍혀 있었다. 관원들은 의아한 눈빛으로 이를 바라보며 대체 어디에 쓰는 물건인지 궁금해했다.

잠시 후 도겸이 침중한 목소리로 입을 열었다.

"자고이래 후계자 문제는 많은 분란을 일으켰소. 이로 인해 목이 떨어진 사람도 많았지. 그런데 미 별가가 기묘한 방법을 제안해 노부의 골칫거리를 해결해 주었소. 이는 만세에 길이 남을 훌륭한 계책이오."

사람들의 눈빛이 다시 미축에게 쏠렸다. 영문을 몰라 어리둥절해하던 미축이 다급히 물었다.

"주공, 이 미축은 무슨 말씀인지 도무지 모르겠습니다."

"허허, 또 겸손을 떠는구려. 어제 오후에 노부와 단둘이 담소를 나누며 은근히 이런 계책을 내지 않았소? 노부의 자식인 상이와 응이 중 누가 더 나은지 모르겠고, 또 유현덕은 그대가 청한 사람이라 후계자를 세울 때 절대 공개적으로 선포해서는 안 된다고 말이오."

이때 도응이 영문을 몰라 하는 미축이 말할 틈을 주지 않고 잽싸게 끼어들었다.

"외람되지만 미 별가가 무슨 계책을 올렸는지 알 수 있을까요?"

그러자 도겸은 버럭 화를 내며 도응을 꾸짖었다.

"어느 안전이라고 황구소아가 감히 끼어드느냐! 아비가 대인들과 대사를 논의하는 게 보이지 않는 게냐? 썩 물러가라!"

"소자의 불찰을 용서하십시오."

그러더니 도응은 고개를 푹 숙이고 풀이 죽어 물러 나왔다. 하지만 자사부를 나온 도응은 부중을 향해 고개를 돌리더니 엷은 미소를 흘렸다.

중간에 도응이 끼어들어 미축의 말을 막은 틈을 타 도겸이 계속 말을 이었다.

"각 대인들은 미 별가가 노부에게 무슨 묘계를 말했는지 궁금할 것이오. 사실 노부의 이 두 불초견자가 너무 무능하여 누구를 후계자로 세워도 서주의 앞날이 캄캄하기만 했소. 그렇다고 서주를 유현덕에게 양보하면 이 두 불효자가 분한 생각에 딴마음을 먹을 수도 있는지라 노부는 이러지도 저러지도 못하고 있었소. 그런데 미 별가가 좋은 방법을 일깨워 주었소. 후계자 선정 문서를 이 철 상자에 봉인하고 자물쇠 세 개를 채운 다음 열쇠를 서주의 세 중신에게 몰래 건네는 것이오. 그리고 노부의 백세지후에 이 세 중신이 함께 철 상자를 열어 노부가 남긴 문서를 낭독하고 서주의 새 자사로 옹립하는 것이오! 그러면 모든 후환이 거짓말처럼 사라질 수 있소."

"오, 절묘합니다!"

서주 관원들의 입에서는 탄성이 터져 나왔다. 이 방법이면 후계자 문제를 순조롭게 해결할 수 있을뿐더러 차후에 발생할 말썽까지 차단할 수 있었다. 가히 일거다득의 기발한 발상이라고 할 만했다.

도겸은 철 상자를 받쳐 들고 관원들을 향해 엄숙하게 말했다.

"노부가 여러분께 당부할 말이 있소이다. 노부 사후에 후계자로는 셋이 있소. 하나는 도상이요, 다른 하나는 도응이고, 또 하나는 서주의 은인인 유비 공이오. 후에 철 상자를 열었을 때 누구의 이름이 씌어 있든 여러분들은 그를 서주자사로 옹립하고 노부를 보좌한 것처럼 전심전력으로 그를 보좌해 주시오."

서주 백관들은 가슴에서 끓어오르는 무언가를 느끼며 일제히 대답했다.

"주공의 명을 가슴 깊이 새기겠습니다!"

도겸은 만족스럽게 고개를 끄덕인 후 다시 조굉을 불렀다. 그에게 이 철 상자를 자사부 대청 대들보에 두고 절대 아무도 건드리지 못하도록 잘 감시하라고 신신당부했다.

이어 도겸은 소매에서 붉은 끈이 달린 열쇠 세 벌을 꺼내 대중에게 보인 후 다시 말했다.

"이 열쇠 세 벌은 후계자 문서가 담긴 철 상자를 여는 열쇠라 그 중요성이 남다르오. 따라서 노부는 가장 신임하는 세 서주 중신에게 이를 맡길 생각이오. 미축, 미 별가!"

넋이 나가 있던 미축은 도겸의 부름에 퍼뜩 정신이 돌아왔다. 그는 도겸이 자신에게 열쇠를 맡기는 줄 알고 급히 앞으로 나와 예를 갖추었다.

"미축, 대령했습니다."

"미 별가의 말이 맞소. 이 열쇠는 비록 작지만 그 의미가 중대하여 공개적으로 내렸다간 번거로운 일들이 끊이지 않을 것이오. 그래서 노부는 그대의 의견을 존중하여 이 열쇠 세 벌을 마음에 두고 있는 서주 중신에게 비밀리에 맡길 생각이오. 노부에게 이런 주도면밀한 계책을 알려주어 고맙소. 그대에게 상으로 옥벽 한 쌍을 하사하리다."

눈앞의 옥벽을 바라보는 미축의 머릿속은 더욱 복잡해졌다.

도겸 이 늙은 여우가 일부러 이런 일을 꾸민 것은 확실한데, 도대체 그것이 무언지 몰라 답답해 미칠 지경이었다. 변명을 하려 해도 아예 기회를 주지 않으니 어찌해볼 도리가 없었다.

어쨌든 이 일로 인해 서주 관원들은 열쇠 세 벌 중 하나는 계책을 바친 미축에게 돌아갈 것이라고 확신했다. 문제는 미축의 친동생인 미방도 그리 여겼다는 것이다.

곧 회의가 끝나고 문무 관원들이 일제히 흩어질 때, 미축은 넋이 나간 사람처럼 멍하니 발걸음을 옮겼다. 항상 곁에 붙어 다니던 미방은 형을 힐끗 째려보더니 흥 하고 코웃음을 치며 먼저 나가 버렸다.

도겸 삼부자는 이 모습을 보고 계책이 들어맞았다며 쾌재를 불렀다.

"유비는 보통내기가 아니라 부친의 이간계에 완전히 넘어갈 리는 없습니다. 다만 그가 미축 형제를 의심할 것만은 틀림없는 사실입니다. 그들이 대체 누구 편인지, 혹시 자신을 속여 집 지키는 개로 만든 것은 아닌지 라고요. 일단 그것만 해도 성공입니다. 차후에 좀 더 치밀한 계략을 세워 이들 사이를 갈라놓아야죠."

도응은 이렇게 말하며 얼굴에 흐뭇한 미소를 띠었다.

그날 오후 도응은 뜻밖의 인물의 방문을 받았다. 바로 미축 형제의 누이인 미정이 그를 찾아온 것이다.

도응은 혼사도 깨진 마당에 그녀가 왜 찾아왔는지 의아하게 생각됐지만 어쨌든 마음에 두고 있던 절세가인의 방문이 싫지 않았다.

그는 미정을 후원으로 안내하고 자리에 앉자마자 물었다.

"미 소저가 어인 일로 저를 다 찾아오시고?"

미정은 얼굴에 홍조를 띠고 부끄러운 듯 말했다.

"어제 제 오라비가 도 사군을 찾아뵙고 오시더니 저녁에 저를 불러 서주의 영웅호걸에게 시집보낸다는 언질을 주었습니다."

'헉!'

도응은 그녀의 말에서 상황을 짐작할 수 있었다. 미축 형제가 어제 일로 누이를 서둘러 귀 큰 도적놈에게 보내려는 것이 분명했다. 도응은 치밀어 오르는 분노를 억누르고 미정을 슬쩍 떠보았다.

"그럼 소저는 어찌할 생각이오?"

그 말에 미정은 얼굴이 더욱 붉어지고 아예 귀밑까지 빨개졌다.

"공자… 공자야말로 서주에서 명성이 드높은 정인군자인데 소녀에게 어찌 이를 물으십니까? 오라비가 결정한 일이니 당연히 따라야지요."

'헉!'

이 말에 도응은 한 번 더 깜짝 놀랐다. 미축 형제가 말한 영웅호걸을 미정이 오해하고 있는 것이 아닌가. 그 사람이 유비가 아니라 바로 나라고. 이에 도응은 재빨리 생각을 정리한 후 짐짓 이렇게 말했다.

"하하, '요조숙녀는 군자의 좋은 배필'이라 하지 않았소? 내 소저의 마음을 알았으니 무에 더 말이 필요하겠소?"

미정은 부끄러운 마음을 달랠 길 없어 앞에 놓인 차를 연신 들이켜며 마음을 진정시켰다. 그러더니 고개를 돌려 사슴같이 큰 눈망울로 바닥만 멀뚱멀뚱 쳐다보았다.

도응은 마음속으로 쾌재를 불렀다.

마치 한 여자를 두고 벌인 결투에서 당당한 승자가 된 기분이었다. 그것도 다름 아닌 영웅 유비와의 대결에서 말이다. 추후에 일이 어찌 전개될지는 모르겠지만 도응은 그녀의 마음을 얻었다는 것에 커다란 만족감을 느꼈다.

*   *   *

뜻밖에 경사를 맞은 도응은 서주성에서 대엿새를 더 머물며 경험도 쌓을 겸 부친을 도와 공무를 처리했다. 하지만 도기에게 군자군을 맡겨놓은 것이 아무래도 마음에 걸려 이만 오현으로 돌아가기로 마음먹었다.

이에 짐을 정리하고 있는데 도겸이 사람을 보내 급히 도응을 찾았다. 도응도 심상치 않은 일이 터졌음을 직감하고 서둘러 자사부로 향했다.

뒤채로 들어서자 방 안에서는 도겸이 홀로 탁자에 앉아 문건을 살펴보고 있었다. 도겸은 아들을 반갑게 맞아들이고 자리에 앉자마자 입을 열었다.

"응아, 귀찮은 일이 생겼다. 조표와 진규는 열쇠를 받아들였는데 세 번째가 말썽이로구나."

"장패가 부친께서 내리신 영예를 거절한 것입니까?"

"그렇단다. 아비가 사신을 개양으로 보내 장패를 서주성으로 부르고 서신에도 탁고(托孤)의 뜻을 밝혔는데, 뜻밖에 병을 핑계 대더구나. 또 답신에서는 자신이 출신이 미천하고 재주가 변변치 못해 감히 탁고의 중임을 맡기 어려우니 다른 현자를 가려 맡기라는구나."

"그럼 혹시 유비에게 마음이 기운 건 아닐까요?"

도응은 이렇게 말하고 곰곰이 생각해 보니 아귀가 맞지 않았다. 장패가 확실히 유비 편에 섰다면 더욱더 이 중임을 맡아 서주를 탈취하려는 유비를 돕는 게 정상이었다.

도겸도 고개를 설레설레 저었다.

"그럴 가능성은 크지 않다. 조굉이 정탐한 바에 따르면, 유비가 이미 여러 차례 선심을 베풀며 장패를 끌어들이려 하고, 미축 형제도 둘 사이에 다리를 놓으려 했지만 장패는 호의를 전혀 받아들이지 않고 시종 유비와 거리를 유지했다고 한다."

여기까지 얘기한 도겸은 잠시 숨을 고르더니 말을 이었다.

"조굉이 알아낸 것 중에 또 하나는 장패의 부관인 손관(孫觀)이 유현덕과 사이가 가까워 두 차례나 둘 사이의 만남을 주선했다더구나. 이로써 보건대, 장패가 탁고의 중임을 거절한 이유는 둘 중 하나일 것이다. 첫째는 서주의 정세가 가려지길 기다렸다가 유리한 쪽을 택하려는 것이고, 둘째는 권력 다툼에 휘말리지 않고 개양에 할거하며 토황제(土皇帝)가 되려는 것이다."

"소자가 보기에 첫 번째는 아닐 것입니다. 장패가 사태를 관망하는 것이라면 탁고의 중임을 거절할 이유가 없습니다. 열쇠가 수중에 있다는 것은 3대 중신 중 하나라는 중요한 위치이므로 우리 도가를 택하든 유비를 택하든 그 안에서 이익을 취할 수 있습니다. 이런 절호의 기회를 놓칠 리 만무합니다. 따라서 정치 투쟁의 회오리에 말리지 않고 단지 개양에서 안분지족하려는 것이 분명합니다."

도겸은 아들의 식견에 감탄하는 눈빛을 보냈다.

"오, 네 말을 들으니 의문이 풀리는구나. 기왕 그렇다면 좋은 계책이 없겠느냐?"

도응은 눈을 감고 잠시 고민하더니 곧 입을 열었다.

"부친께서 허락하신다면 소자가 직접 개양으로 가 부친의 중임을 맡도록 설득해 보겠습니다."

"장패를 설득할 자신이 있느냐?"

"솔직히 모르겠습니다. 다만 한 가닥 희망이라도 있다면 최선을 다해봐야죠. 게다가 전부터 장패를 한 번 만나고 싶었는데 이 기회에 만나볼 요량입니다."

도겸은 즉각 응낙하지 않고 한참을 생각하더니 결국 고개를 끄덕였다.

"그래, 허락하마. 하지만 조심해야 한다. 장패가 널 해할 이유는 없다만 마음 놓아서는 안 된다. 절대 일시적인 기분으로 일을 처리하지 말고. 장패를 설득하는 것은 중요치 않으니 몸 성히 다녀오너라."

"소자, 명심하겠습니다."

도응은 열쇠를 건네받아 꼭 장패를 설득하고 돌아오겠다고 대답했다. 도겸 역시 아들을 믿긴 했지만 마음에 계속 걸려 조심히 일을 처리하라고 재삼 당부했다.

*   *   *

장패의 자는 선고(宣高)로 태산군(泰山郡) 화현(華縣) 사람이다. 수년 전, 옥에 갇힌 부친을 구하려다가 태산군 태수의 노여움을 사 수배령이 내려져 서주 동해군으로 도망쳤다. 이곳에서 그는 한 무리 인마를 모아 산적이 되었다. 황건기의가 일어나자 장패는 도겸에게 귀순해 여러 차례 황건군을 무찌르는

공을 세웠다. 이 공로로 벼슬이 기도위까지 올랐다.

하지만 도겸과 장패의 밀월 관계는 오래가지 못했다. 황건기의가 평정된 후, 장패는 서주 관원들과의 불화로 인해 군사를 거느리고 낭야군으로 기반을 옮겨 개양 일대에 주둔했다.

그곳에서 손관, 오돈, 윤례, 창희 등의 도적을 복종시키고 세력을 크게 확장해 서주 관군과 대등한 세를 형성했다.

조조가 서주를 대대적으로 침공하자 장패는 서주와 연합하자는 도겸의 제의를 거절하고 홀로 조조군에 대항해 개양성을 지켜냈다.

이에 도겸은 물론 도응 입장에서도 장패에 대한 감정은 아주 미묘했다. 장패가 서주의 명을 따르지 않고 함부로 한 지역을 차지한 것은 이가 갈렸지만, 다른 한편으로는 장패가 중립을 견지함으로써 조조와 유비의 야심으로부터 서주를 보전할 수 있었다.

이런 이유 때문에 도겸은 시종 장패를 자기편으로 끌어들이려 애썼다. 부친의 이런 뜻을 알고 있는 도응은 친히 개양으로 가 세 치 혀로 장패를 설득해 옛 관계를 회복하고 인재가 부족한 자신의 방수로 삼기를 원했다.

한편 도응은 혹시 모를 사태에 대비하기 위해 사전에 오현의 군자군 대영에 들러 각종 안배와 준비를 마친 후 호위 10기를 이끌고 북상해 개양으로 장패를 만나러 갔다.

오현에서 개양까지는 5백 리 길로 자못 멀었다. 하지만 다행히 관도(官道)가 통하고 지세가 평탄한 데다 도응 일행이 모두 기병이어서 길을 서두른다면 나흘 만에 낭야군 경내에 도달할 수 있었다. 도응은 괜한 오해를 피하기 위해 먼저 친병 하나를 개양성으로 보내 자신이 찾아간다는 것을 미리 알렸다.

＊　　　　＊　　　　＊

도응의 갑작스런 방문 소식에 장패는 흠칫 놀랐다. 특히 유비와 관계가 가까운 손관은 도응이 보낸 친병에게 매우 방자하게 소리쳤다.

"도응이 여기는 왜 온단 말이냐? 혹시 우릴 공격하려는 것이냐? 군대는 얼마나 이끌고 오느냐?"

"중대(仲臺), 함부로 지껄이지 마라."

중대는 손관의 자다. 장패는 손관을 꾸짖고 도응의 친병이 가져온 서신을 읽어보더니 고개를 저으며 말했다.

"이공자가 서신에서 분명히 밝혔다. 이번에 개양으로 오는 것은 부친의 명을 받들어 우리와 협상하려는 것이라고. 또 우리의 척후병이 알아본 결과, 이공자는 친병 10명 외에는 군대를 거느리고 오지 않았다고 한다. 그러니 공무로 방문하는 것이 확실하다."

손관은 여전히 승복하지 않고 냉소를 지었다.

"그거야 빤하지 않습니까? 원기가 크게 상한 서주를 지킬 목적으로 우리를 부르는 것 아닙니까?"

이때 장패 옆에 있던 오돈이 일어나 말했다.

"어쨌든 도 공자가 먼저 예를 갖춰 방문 소식을 알렸으니 우리도 예로써 대해야 마땅합니다. 게다가 기름 솥에 뛰어들어 서주 만민을 구한 영웅을 홀대해서야 되겠습니까?"

손관이 이 말에 발끈하며 소리쳤다.

"여포가 연주를 공격하는 바람에 조조가 부득이하게 물러난 것이 도응과 무슨 상관이 있단 말이냐?"

오돈도 전혀 질 마음이 없는 듯 손관의 말을 반박했다.

"조조가 여포 때문에 퇴각한 건 맞지만 도 공자의 행적은 경탄할 만한 일이다. 서주의 문벌호족이 눈꼴셔 개양으로 이주한 우리는 도겸 등에게는 불만이 많지만 도 공자와는 아무런 원한이 없지 않나? 도 공자가 몸을 던져 서주를 구한 의거를 만천하가 알고 있는데, 우리가 만약 그를 홀대하거나 문을 걸어 잠그고 만나주지 않으면 천하가 우리를 업신여길 것이다."

장패도 오돈의 말에 크게 찬동하며 자리에서 일어나 도응의 친병에게 다가가 말했다.

"돌아가 공자께 전하라. 이 장패가 공자의 방문을 크게 환영하며 내일 공자가 도착하면 십 리 밖까지 나가 영접할 것이라고 말이다."

도응의 친병이 예를 갖춰 작별을 고하고 밖으로 나가자마자 장패가 수하 장수들에게 영을 내렸다.

"내일 도 공자를 영접하려 나갈 때 완전무장한 갑병(甲兵) 일천을 거느리고 갈 것이다. 모든 준비를 빈틈없이 마쳐 놓아라!"

장패의 장수들이 모두 명을 받들겠다고 말하는데 오직 오돈만이 의아해하며 물었다.

"일천 갑병을 거느리고 도 공자를 맞으면 살기가 너무 등등하지 않을까요? 도 공자가 무력으로 겁박한다고 오해할까 염려됩니다."

이 말에 장패가 냉소를 띠며 말했다.

"바로 그 점을 노린 것이다. 도응이 오는 의도를 내 똑똑히 알고 있다. 지난번에 무슨 탁고 중신이란 명목으로 도겸이 날 서주로 불러들이려 하지 않았나? 이번에 그에게 낭야군의 위용을 보여주면 장패가 그리 호락호락하지 않고, 또 내 노여움을 사면 서주의 보좌도 안전하지 못하다는 것을 알게 될 것이다."

오돈은 일리가 있다며 고개를 끄덕여 동의를 표했다. 곁에 있던 손관은 호탕한 웃음을 터뜨리고 소리쳤다.

"옳은 말씀입니다. 도응 놈에게 우리 낭야군의 잠재력을 똑똑히 보여주어야 합니다. 성 밖 군사들에게 활시위를 조이고 칼날을 세우라고 명하라. 도응이 오줌을 지린다면 가관이겠구나! 하하하!"

第三章
장패

　다음 날 정오, 장패는 부관들과 1천 갑병을 거느리고 위용을 과시하며 성을 나섰다. 때는 무더위가 기승인 7월이었다.

　작열하는 태양 아래 병사들이 슬슬 지쳐갈 때쯤 멀리서 도응의 모습이 시야에 들어왔다. 장패는 재빨리 전열을 정비한 후 도응이 오기를 기다렸다.

　장패는 전에도 도응을 몇 번 본 적이 있었다. 당시 인상은 백면서랑 그 이상 그 이하도 아니었는데, 가까이 다가오는 지금의 모습은 얼굴이 검고 건장한 몸에 눈에서는 광채가 났다. 전에 알던 도응과는 전혀 다른 인상을 풍기고 있었다.

도응은 원래 도응의 기억을 갖고 있지만 실제로 장패를 보는 건 오늘이 처음이었다. 〈삼국지〉를 보며 상상했던 것과 크게 다르지 않은 모습이었다.

20대 후반의 나이에 얼굴에는 성글고 뻣뻣한 수염이 가득했고, 체격이 우람하고 고대하여 도응보다 족히 머리 하나가 컸다.

성격은 난폭하고 호방해 보였지만 사방으로 쏘아보는 퉁방울 같은 눈은 그가 보통 인물이 아니라는 인상을 주었다.

어쨌든 장패가 명목상으로는 도겸 부하였기에 먼저 다가가 도응에게 예를 갖추었다.

"말장 기도위 장패, 공자를 뵙습니다. 4년을 못 뵈었는데 별래무양 하셨는지요?"

이에 도응도 황급히 말에서 내려 장패에게 똑같이 예를 행했다.

"장군, 왜 이러십니까? 연배로 보나 직책으로 보나 장군이 저보다 위인데 이러시면 제가 황송합니다."

장패는 속으로 최소한 지위를 믿고 거들먹거리는 자는 아니라는 생각에 고개를 끄덕이며 말했다.

"말장이 예를 갖춘 것은 첫째, 공자가 주공의 자제고, 둘째, 목숨을 바쳐 서주를 구한 영웅이기 때문입니다. 공자의 관직과는 아무 상관이 없습니다."

도웅은 큰소리로 웃으며 장패의 손을 덥석 잡았다.

"과찬이십니다. 대수롭지 않은 일을 어찌 입에 올리겠습니까? 장군, 전 장군과 관직과 신분을 떠나 형제의 의를 맺고 싶습니다. 선고 형이 저보다 연배가 위니 지금부터 형님이라고 불러도 되겠습니까?"

도웅의 예상 밖의 말에 장패가 주저하고 있는 사이, 손관이 단호한 표정으로 끼어들었다.

"공자는 사인(士人)이고 장 장군은 평민인데, 어찌 어울릴 수 있단 말입니까?"

"왕후장상의 씨가 따로 있다더이까? 한 고조는 정장(亭長) 출신이고 번쾌는 개백정에 소하는 아전 소리(小吏)였소. 하지만 그들이 결국 손을 합쳐 한의 기업을 열지 않았소? 평민 신분이 부끄러운 일은 아니잖소? 게다가 장형의 신분이나 지위, 공업을 따라올 사인이 천하에 몇이나 되겠소?"

평민 출신인 장패 등은 원래 공담이나 늘어놓고 잘난 체하는 사인을 뼈에 사무치도록 미워했다.

그런데 사족을 폄하하는 이 말을 듣고 나자 자기도 모르게 기분이 유쾌해지고 도웅에 대한 호감도 크게 상승했다. 손관은 괜한 말을 꺼냈다가 본전도 못 건지고 꿀 먹은 벙어리가 되고 말았다.

장패는 이 말에 기분이 한층 더 고조되어 도웅을 위협하려는 생각을 아예 접고 호쾌하게 말했다.

"공자, 말장이 변변치 않지만 주연을 마련했으니 얼른 성안으로 드시지요."

"선고 형, 이제는 절 그냥 명무라 부르십시오. 공자라는 호칭은 과분합니다. 어?"

그러더니 장패 등 뒤에 있는 1천 갑병을 그제야 발견했다는 듯 놀라서 물었다.

"이렇게 많은 낭야 장병을 거느리고 아우를 맞아주시다니 몸 둘 바를 모르겠습니다."

장패는 도둑이 제 발 저린 표정을 짓고는 다급히 변명했다.

"오해 마십시오. 낭야 일대에 도적이 횡행해 공자의 안전을 위해 군사를 좀 많이 이끌고 나왔습니다."

도응은 다시 한 번 장패의 의도를 모른 척하며 감탄사를 연발했다.

"오, 선고 형의 용병은 익혀 들었지만 오늘 직접 보니 과연 명불허전입니다."

"칭찬이 과하십니다. 공자가 이끄는 군자군이야말로 서주 5군에 자못 위명을 떨쳐 호랑이 같은 군대라 칭해도 아깝지 않습니다."

이 말에 도응은 속으로 뜨끔했다.

군자군은 전투라야 기껏 몇 번 치렀고, 게다가 도적들만 상대하여 조괭도 자세한 내막을 모르는데 무슨 이름이 났다고 이런 소릴 하는 것이지? 그냥 떠보는 말일까?

하지만 도응은 겉으로는 태연한 척 탄식하며 말했다.

"아직 멀었습니다. 그들의 전술 완성도는 삼 할에 채 미치지 못하는데 호랑이 같은 군대라뇨?"

도응은 이렇게 말하고 안 되겠다 싶어 재빨리 화제를 돌렸다.

"이토록 용맹한 군대가 낭야 구석에만 머물러 있고 적을 시살해 공을 세울 수 없으니 너무 안타까울 따름입니다!"

장패는 속으로 '드디어 본론을 꺼내는구나' 라고 말하고는 코웃음을 쳤다.

그러더니 일부러 과장된 몸짓을 하며 이해하지 못하겠다는 듯 말했다.

"그게 무슨 뜻입니까? 장패의 군대가 비록 낭야에 주둔하고 있지만 지난번 조적의 침입 때 조표 장군과 함께 조적을 물리쳤는데, 낭야 구석에 머물러 있다니요?"

"아우는 과거나 아니라 지금을 말하고 있는 것입니다. 조적이 잠시 물러갔다고는 하나 서주의 원기가 크게 상해 경내에 도적이 횡행하고 있습니다. 남쪽으로는 반적 착융이 광릉에 할거하며 백성에게 해를 끼치고 있고, 서쪽으로는 조조와 원술이 서주를 호시탐탐 노리고 있어 내우외환에 빠졌습니다.

이런 위급 존망의 시기에 선고 형의 호랑이 같은 부대가 조그만 영토에 안거하며 드넓은 세상으로 나가려 하지 않으니 어찌 안타깝지 않겠습니까?"

장패가 이 말에 꿀 먹은 벙어리가 돼 우물쭈물하자 곁에 있던 오돈이 끼어들었다.

"공자, 우리라고 어찌 주공을 위해 공을 세우고 적을 무찌르고 싶지 않겠습니까? 다만 주공 휘하의 무리들이 우리를 용납하지 않고, 또 전에 주공께서 우릴 어떻게 대하셨는지 공자도 친히 보지 않았습니까?"

"가친께서 여러분을 홀대한 건 도웅도 잘 알고 있습니다. 하지만 이는 다 고육지책에서 나온 것입니다. 만약 가친께서 문벌호족을 따르지 않았다면 서주자사의 지위를 지금까지 유지하지 못했을 것입니다."

손관이 코웃음을 치며 말했다.

"자신의 보좌를 위해 우리를 괄시했다고요?"

"한 번 가슴에 손을 얹고 자문해 보십시오. 다른 제후들과 비교해 가친께서 항복한 부하들을 얼마나 후히 대하셨는지 말입니다. 여러분이 낭야에 주둔하며 수년 동안 명을 따르지 않고 군사를 보내지 않아도 가친께서 질책하거나 징계를 내린 적이 있었습니까? 가친처럼 마음이 겸허하고 도량이 넓은 제후가 과연 어디 있소이까? 군자는 지난날의 원한을 염두에 두지 않는 법인데, 각 장군들은 어찌 이미 지나간 일들을 시시콜콜한 가슴에 새기고 있는 것입니까?"

손관 역시 입이 얼어붙어 아무 대답도 하지 못했다. 그래도 장패는 작은 부에 안주하는 사람이 아닌지라 도응의 이 말에 어느 정도는 마음이 움직였다.

이를 감지한 도응이 장패에게 간절한 어투로 말했다.

"선고 형과 휘하 장수들이 당한 억울함은 저도 잘 알고 있습니다. 하지만 지금은 전과 사정이 많이 달라졌습니다. 조적의 난리 후 서주의 문벌호족 역시 크게 원기가 상해 서주의 위아래가 모두 선고 형이 군사를 거느리고 돌아오기만을 목이 빠져라 기다리고 있습니다. 이번에 돌아간다면 절대 전과 같은 일은 당하지 않을 것입니다."

도응은 여기까지 말하고 은근한 미소를 띠며 말을 이었다.

"전에 항상 선고 형을 중상하던 미가 형제마저 지금은 선고 형에게 바짝 달라붙고 있지 않습니까? 무엇 때문이겠습니까? 선고 형이 서주로 돌아와 서주 백성의 가업을 보호해 주길 바라서가 아니겠습니까?"

손관을 포함한 낭야군 장수들은 태도가 백팔십도 바뀐 미축 형제를 생각하자 웃음이 절로 나왔다.

하지만 장패는 아무런 표정도 짓지 않은 채 담담한 어투로 말했다.

"공자가 이처럼 솔직하게 말하니 이 패도 회피하지는 않겠소이다. 주공의 고충도 알았고, 이번에 돌아가면 예전과 같이 우릴 후대할 것이란 것도 알겠소이다. 하지만 그 이후는요? 서주의 위기가 사라지거나 우리 군대가 적과 혈전을 벌인 후 실력이 약화돼 더는 주공에게 쓸모가 없어지면 우릴 어찌 대할까요? 또 주공 휘하의 사람들은 우릴 어찌 보게 될까요?"

"선고 형의 걱정하는 바는 알겠습니다. 가루를 다 빻고 나면 당나귀를 죽이고 새를 다 잡고 나면 활을 거두어들인 사례가 자고이래로 빈번했습니다. 한 고조가 천하를 일통한 후 한신, 영포는 비명에 횡사했고, 소하는 목숨을 보존하기 위해 스스로를 망쳤습니다. 선고 형은 물론 여기 있는 장수들 모두 이를 걱정하고 있을 것입니다."

낭야군의 제장들이 그 말에 조용히 고개를 끄덕였다.

"선고 형, 가친께서도 바로 이 점을 고려하셨습니다."

마침내 때가 왔다고 여긴 도응은 소매에서 금옥으로 상감한 작은 상자를 꺼냈다.

상자를 열자 평범하기 그지없는 열쇠 하나가 모습을 드러냈다.

도응은 미소를 짓고 말했다.

"이 열쇠가 어디에 쓰는 것인지 굳이 말하지 않아도 아실 겁니다. 다만 이 아우가 강조하고 싶은 것은 선고 형이 이 열

쇠를 접수한다면 서주 3대 중신 중 한 자리를 차지하여 장래
에 누가 서주자사에 오르든 천하의 중책을 맡아 섭섭지 않은
관직과 작록을 얻게 된다는 사실입니다."

도웅은 다시 손관, 오돈 등 장수들에게 눈을 돌려 더욱 간
절한 표정으로 얘기했다.

"각 장군들은 제 말이 번지르르하여 믿기 어렵고, 심지어
서주목인 부친도 믿지 않는다는 사실을 잘 알고 있습니다. 하
지만 장패 장군만큼은 굳게 믿으리라 의심치 않습니다. 선고
형이 3대 중신 중 하나가 된다면 여러분들을 누가 업신여기고
괄시하겠습니까?"

낭야 제장들은 도웅의 말에 마음이 움직이기 시작했다. 그
의 말이 거짓이 아니라는 확신이 들었다.

장패가 서주에서 큰 영향력을 행사한다면 출신이 미천한 자
신들이 홀대받을 걱정이 없었다.

이에 제장들은 약속이나 한 듯 눈을 장패에게 돌려 그의 결
정을 기다렸다.

장패는 내리쬐는 햇발을 향해 고개를 들고 한동안 아무 말
도 없었다. 한참을 기다려도 장패가 결정을 내리지 못하자 도
웅은 열쇠를 담은 상자를 직접 장패에게 건네며 엄중하게 말
했다.

"이 열쇠는 선고 형에 대한 가친의 성의이자 보상이며 기대

입니다. 만약 부친의 성의와 보상, 기대를 받아들인다면 주저 말고 이 열쇠를 받아주십시오."

장패는 무표정한 얼굴로 미동도 않은 채 이글거리는 태양을 그대로 받아내고만 있었다. 그러다가 한참 만에 입을 열었다.

"좋소이다."

도응은 속으로 옳다구나 쾌재를 부르며 상자를 장패에게 내밀었다. 그런데 이때 장패가 도응의 손을 옆으로 밀치더니 퉁방울 같은 눈으로 도응을 직시하며 말했다.

"이 열쇠를 받는데 한 가지 조건이 있소이다. 이를 들어준다면 말장 기꺼이 열쇠를 받고 서주로 남하해 주공께 죄를 청하리다."

순간 도응은 멈칫하며 똑같이 장패의 눈을 응시했다. 예상치 못한 반응이었던 것이다. 도응은 서둘러 대답했다.

"선고 형의 분부라면 당연히 들어 드려야지요. 어서 말해 보십시오."

"광릉태수 조욱(趙昱)은 본디 패와 교분이 두터웠습니다. 그런데 불행히 간적 착융에게 해를 당하고 말았습니다. 이후 패가 그놈을 정벌하러 여러 차례 남하할 마음을 먹었지만 주공께서 반란을 일으켰다고 의심할까 두려워 지금까지도 손을 못 쓰고 있는 실정입니다. 이에 공자께서 착융의 목을 가져와 제 숙원을 풀어주신다면 주공과 공자의 부림을 기꺼이 받겠습니다."

낭야 제장들은 장패가 무슨 말을 하는지 몰라 눈만 멀뚱멀뚱 뜬 채 서로의 얼굴을 바라봤다. 조욱은 자신들을 무시하는 사인이어서 일절 교류가 없었는데 웬 뜬금없는 복수란 말인가?

사실 장패의 이 요구는 일석이조를 노린 계략이었다. 도응이 응낙한다면 서주의 군사력을 약화시켜 자신의 입지를 한층 더 강화할 수 있었고, 만약 거절한다면 열쇠를 거부할 명분이 생기는 셈이었다. 도응 역시 이를 모를 리 없었다.

하지만 지금까지 가까스로 설득해 놨는데 여기서 거절한다면 공든 탑이 무너져 내리는 꼴 아닌가? 이에 도응은 눈썹 하나 까닥 안 하고 대답했다.

"착융이 조정 중신을 살해해 이 아우도 진즉 그놈을 제거하려고 마음먹었습니다. 다만 시기가 아직 무르익지 않아 잠시 제쳐 두고 있었습니다. 기왕 선고 형이 말을 꺼냈으니 제가 친히 군사를 거느리고 남하하여 착융 간적 놈의 목을 따 선고 형에게 바치겠소이다."

"그렇게만 해주신다면 말장 기쁘기 한량없겠습니다."

장패가 손을 모아 예를 갖추고 허리를 펴는데 도응은 이미 말에 올라 말 머리를 돌리는 것이 아닌가. 이에 장패는 깜짝 놀라며 다급히 물었다.

"공자, 어디로 가시는 겁니까?"

"당연히 착융의 목을 따러 가야지요. 군자의 약속은 천금과 같아서 속히 행하는 것이 도리입니다."

"무에 이리 급하십니까? 말장이 이미 성안에 주연을 마련해 두었으니 목을 축이고 가도 늦지 않습니다."

곁에 있던 낭야 제장들도 잇달아 도응을 만류하며 개양성에서 며칠 쉬다가 가라고 권했다.

도응은 말 위에서 감사를 표했다.

"여러분의 호의는 감사히 받겠습니다. 선고 형, 이 아우와 술을 마시고 싶다면 착융의 목을 가져오는 날 서주성에서 진탕 마셔 봅시다!"

장패는 도응의 급한 성격에 어쩔 줄 몰라 했지만 그의 태도가 결연한 것을 보고 더는 붙잡아두기 어렵다는 생각이 들었다. 이에 대신 이렇게 말했다.

"기왕 그러시다면 서주성까지 말장의 군대가 호위하겠습니다."

"호의는 고맙습니다만 굳이 그럴 필요는 없습니다. 이번에 아우가 대동한 1백 군자군이 아우의 안전을 책임질 것입니다."

"1백 군자군이라고요?"

장패와 제장들은 멍한 표정을 지었다. 아니, 고작 친병 열 명을 데려오고선 무슨 1백 군자군이란 말인가?

이때 도응이 손을 입으로 가져가 휘파람을 불자 친병 열 명도 일제히 그를 따라 휘파람을 불었다.

그러자 장패 등의 눈을 의심케 만드는 장면이 펼쳐졌다. 길가 숲 속에서 갑자기 군사들이 쏟아져 나오는 것이 아닌가. 나뭇잎으로 온몸을 가린 군자군 병사들이 전마를 끌고 깃발을 흔들며 천천히 걸어 나와 도응 앞에 가지런히 대열을 갖추고 섰다.

그중 대장으로 보이는 자가 도응 앞으로 성큼성큼 다가와 한쪽 무릎을 꿇고 예를 갖춰 말했다.

"말장 연빈, 공자의 명을 받들어 이곳에서 기다리고 있었습니다!"

"수고했다!"

도응은 흡족한 표정으로 고개를 끄덕였다. 그리고 고개를 돌려 장패 등을 바라보자 다들 일이 어떻게 돌아가는지 몰라 어리둥절해하는 표정을 짓고 있었다.

1백 군자군이 이렇게 가까운 거리에 매복해 있었는데도 전혀 눈치를 채지 못했다니! 그러고는 한편으로 놀란 가슴을 쓸어내렸다.

아무리 1천 군사라고 하지만 무방비 상태로 있던 이때, 군자군이 기습을 가했다면 결과를 예측할 수 없었다. 이런 생각이 들자 작열하는 태양 아래서 오히려 등줄기로 식은땀이 흘러내렸다.

이어서 도응이 웃음 띤 얼굴로 말했다.

"너무 괴히 여기지는 마십시오. 선고 형 말씀대로 요즘 도적이 횡행하여 이를 대비할 목적으로 제가 어젯밤 이곳에 군자군 1백을 매복시켜 둔 것입니다. 놀래셨다면 용서를 구합니다."

장패는 얼떨떨하기도 하고 부끄러운 마음이 들기도 하여 멍한 표정을 지었다. 그러더니 갑자기 대갈일성을 질렀다.

"어젯밤 이곳 경비를 책임진 자가 누구냐?"

"소장 휘하의 척후입니다."

오돈이 급히 앞으로 나와 공수하고 대답한 후, 자신의 부대를 향해 고개를 돌려 외쳤다.

"서성은 냉큼 앞으로 나와라!"

'뭐, 서성(徐盛)이라고?'

이 외침에 도응은 자신의 귀를 의심했다. 오나라의 맹장인 그 서성이란 말인가? 서성은 본디 이곳 낭야 출신으로 후에 난을 피해 오 땅으로 내려가 손권(孫權)에게 중용된다. 시기상으로는 아직 오 땅으로 가기 전이니까, 이곳에서 먼저 장패의 수하로 있었다는 얘기가 된다. 도응은 이렇게 생각한 후 일단 상황을 지켜보기로 했다.

오돈의 외침에 낭야군 척후대 안에서 스물이 갓 넘은 나이에 신체가 건장한 장수 하나가 빠른 걸음으로 장패와 오돈 앞으로 달려와 한쪽 무릎을 꿇었다.

"장군, 어젯밤 소인이 이곳 정탐을 책임지고 있었지만 공자의 기병이 매복한 사실을 전혀 몰랐습니다. 죽여주십시오!"

장패는 서성의 가슴을 발로 세게 차고 큰소리로 명했다.

"쓸모없는 놈, 당장 저놈을 끌어내 목을 베어라!"

일이 이렇게 돌아가리라고 예상 못 한 도응이 깜짝 놀라 급히 멈추라고 말한 후 말에서 내려 장패 앞으로 다가갔다.

"선고 형, 이는 모두 이 아우의 행동에서 비롯된 것입니다. 따라서 책임은 모두 아우에게 있으니 서성의 참수를 그쳐 주십시오."

이미 죽음을 각오하고 있던 서성은 이 말을 듣고 놀란 눈으로 도응을 바라보았다. 도응은 서성을 보며 슬며시 미소를 지었다.

장패도 도응이 이렇게까지 말하자 잠시 분노를 가라앉히고 다시 명했다.

"공자의 얼굴을 보아 네놈을 잠시 살려두겠다. 다만 군법을 어긴 죄는 엄중히 다스려야 하니 곤장 백 대에 처하겠다!"

그러자 도응이 다시 끼어들었다.

"서성의 죄는 중벌로 다스려야 옳습니다. 하지만 누구라도 군자군의 매복술을 감지해 내기란 여간 어려운 일이 아닙니다. 그러니 기회를 한 번 주는 건 어떻겠습니까?"

"그게 무슨 말입니까?"

"다름이 아니오라 공을 세워 속죄할 기회를 주자는 말씀입니다. 자랑은 아닙니다만 지금의 군자군 실력이면 착융을 물리치는 건 손바닥 뒤집는 것보다 쉽습니다. 그러니 이번 착융 정벌에 서성이 선봉에 서서 큰 공을 세우고 착융의 목을 베어 돌아온다면 죄를 만회하고도 남습니다. 부디 아우의 간청을 허해 주십시오."

장패와 그의 제장들은 어안이 벙벙해졌다.

1백 군자군을 이곳에 매복해 놓은 목적이야 빤했다. 무력을 과시하려는 것 외에 혹시 장패가 갑자기 얼굴을 바꿔 손을 쓰는 데 대비하기 위한 것이었다. 이 점은 장패 등도 분명히 알고 있었다. 그런데 도응이 왜 이리도 서성을 보호하고, 심지어 데리고 가려 하는지 도무지 이해가 가지 않았다.

장패는 한 가지 가능성이 떠올라 서성을 가리키며 도응에게 물었다.

"혹시 서성과 교분이 있는 것은 아닙니까?"

"아닙니다. 아우는 서성이란 자를 오늘 처음 보았습니다. 다만… 운 나쁘게 아우의 일에 말려든 것 같아 미안한 마음이 들어서입니다."

이렇게 말한 후 도응은 서성을 바라보며 다정하게 미소 짓고 말했다.

"서성, 무고하게 죄를 얻게 한 것 같아 미안하네. 그래서 그 보상으로 군자군의 기이한 전술을 전수할까 하는데, 자네 생각은 어떠한가?"

"서성, 원합……."

서성은 입을 열어 대답하려다가 급히 입을 다물고 두려운 눈빛으로 장패를 바라보았다.

장패는 이 안에 분명 꿍꿍이가 숨어 있다고 의심했지만 그것이 무엇인지 도무지 알 길이 없어 마지못해 고개를 끄덕였다.

"좋소. 공자의 뜻이 정 그렇다면 따르겠소이다. 서성, 공자와 이렇게 인연을 맺었으니 공자를 따라가라. 그리고 이후에도 공자를 따르며 잘 모시도록 해라."

도응은 장패가 아예 서성을 내주겠다고 말하자 속으로 쾌재를 불렀다. 인재를 그토록 원하던 도응은 드디어 만인지적의 장수를 얻었다는 생각에 기뻐 어쩔 줄 몰랐다.

그는 연신 장패에게 감사하다고 말하며 나중에 꼭 보답하겠다고 약속했다. 장패는 이런 도응을 의혹의 눈빛으로 바라볼 뿐이었다.

이리하여 도응은 장패에게 열쇠 상자를 건네는 데 성공했을뿐더러 예상 밖에 서성까지 얻는 수확을 올렸다. 그는 그 자

리에서 장패 등과 작별 인사를 나눈 후 서둘러 1백 군자군을
이끌고 서주성으로 돌아갔다.

　장패는 도웅 일행이 떠나가는 뒷모습을 보며 백면서생인 그
가 과연 착융을 물리칠 수 있을지 반신반의했다. 하지만 자신
은 손해 볼 일이 없으니 결과만 지켜보면 된다는 생각에 흐뭇
한 미소를 지었다.

第四章
출정

　스스로 만족한 성과를 올렸다고 여긴 도응은 서주성에 당도한 즉시 도겸을 찾아갔다. 그는 개양성에 다녀온 경과를 보고하고, 장패와 약속한 대로 광릉에 도사리고 있는 착융 정벌에 나서겠다고 얘기했다.

　도응은 부친이 당연히 자신의 요청에 응할 것이라고 생각했다. 그런데 도응의 예상과 달리 도겸은 그의 요구를 일언지하에 거절하고 큰소리로 꾸짖었다.

　"안 된다! 네가 지금 제정신이냐? 이번에 광릉에 가면 헛되이 죽음을 맞게 될 뿐이다!"

"아버지, 이 아들을 믿지 못하십니까? 만반의 준비를 갖추고 이제야 출정을 청하는데 어찌 실패할 것이라 단정하십니까?"

"겨우 8백 기병으로 착융을 어떻게 상대한단 말이냐? 네가 지피지기면 백전불태라고 항상 말하지 않았느냐? 그런데 지금 착융의 군사와 전량이 얼마나 되는지도 모르면서 정벌에 나서겠다고 하니 답답해서 하는 말 아니냐?"

"염려 마십시오. 소자, 착융의 병마를 이미 확인한 지 오래입니다. 간적 착융이 광릉으로 남하할 때 하비에서 데려간 병력이 만 명에, 전마가 3천 필입니다. 그 후 계략을 써서 광릉태수 조욱을 살해하고 조욱 휘하의 마보병 3천과 수군 2천을 편입시켰습니다. 최근에는 부친께서 정벌에 나설까 두려워 미친 듯이 군사를 확충하여 다시 5천 정도를 더 얻었습니다. 이에 착융이 현재 보유한 병마는 적어도 2만이 넘으며, 그중 기병이 4천은 족히 됩니다."

아들이 조목조목 설명하는 것을 듣고 도겸은 뒷목을 잡았다. 오냐오냐했더니 이제는 아예 세상 물정 모르고 날뛰는 망아지가 따로 없었다. 도겸은 노기가 탱천하여 단호한 어조로 말했다.

"절대 보낼 수 없다! 아비 앞에서 정벌 얘기는 두 번 다시 꺼내지도 마라!"

도응은 사방이 꽉 막힌 부친이 답답해 미칠 노릇이었다. 이에 부친을 어찌 설득하는 것이 좋을지 골똘히 생각에 잠겼다.

이윽고 도응은 부드러운 미소를 머금은 채 도겸에게 말했다.

"음, 군대는 인원수보다 정예함이 더 귀중하고, 장수는 용맹함보다 지모가 더 필요하다고 했습니다. 착융이 비록 병사가 많다고 하나 군심이 흐트러지고 사기가 떨어진 오합지졸에 불과합니다. 더욱이 착융이 편입한 광릉 군사들은 착융의 위압에 어쩔 수 없이 가담한 자들이 대부분이어서 전세가 불리해지면 창을 거꾸로 들고 되레 그를 공격할 여지가 충분합니다. 또한 착융이 새로 모집한 5천 신병은 닭 모가지 한 번 따본 적 없는 자들이라 군중의 식량만 축낼 뿐입니다. 막상 전투가 벌어지면 이들은 오히려 착융의 발목을 잡게 될 것입니다."

도응은 여기까지 말한 후 잠시 도겸의 표정을 살피더니 말을 이었다.

"따라서 소자가 보기에 이번 남정에서 실제로 상대할 적은 착융이 하비에서 끌고 간 5천 군사가 전부입니다. 이 직계 부대만 격파한다면 나머지는 싸우지 않고도 저절로 항복할 것입니다. 그리고 이 5천 군대도 전에 부친의 은덕을 입은 자들이라 서주군과 전투가 벌어지면 전투력이 크게 약화될 가능성이 높아 물리치기 어렵지 않을 것이라 확신합니다."

도응이 이렇게까지 자세히 전황을 분석했지만 도겸은 여전히 책상을 치며 꾸짖었다.

"지상담병이야, 지상담병! 오합지졸이니 군심이 흐트러지니 하는 얘기는 모두 공담일 뿐이다! 또 착용의 군대가 피를 본 적이 없다고 했는데, 네 군자군도 전투 경험이 없지 않느냐?"

이때 도응의 입에서 전혀 뜻밖의 대답이 나왔다.

"황송하지만 군자군은 이미 몇 차례 전투를 치렀습니다."

"엥? 그게 무슨 말이냐? 군자군이 전투를 치러?"

도겸이 놀라 묻자 도응이 기다렸다는 듯 차분하게 대답했다.

"6월 열여드레 날, 소자가 4백 군자군을 거느리고 하루 만에 230리 길을 달려 예주(豫州) 경내까지 들어갔습니다. 그날 밤 예주성 동쪽에 도사리고 있던 황건적 하의(何儀)를 급습해 6백여 명을 베고 전마 52필과 무수한 전량을 탈취해 오현으로 돌아왔습니다. 그 전투에서 군자군은 한 명이 죽고 열 명이 부상당했을 뿐입니다. 6월 스무닷새에는 도기와 함께 군자군을 이끌고 예주 진국군(陳國郡)까지 하루 만에 110리 길을 짓쳐 들어가 고현(苦縣)에 주둔 중인 황건적 황소(黃邵)를 기습했습니다. 이때 사졸 하나가 부주의하여 적에게 발각되고 말았습니다. 이에 적병 4천과 교전을 벌였음에도 치고 빠지는 전술로 5백여 명을 죽이고 많은 무기와 깃발을 노획했습니다. 군자군 사망자는 단 둘에 열두 명이 부상을 입었습니다. 7월 초엿새에 소자는 다시 도기와 함께 군자군을 이끌고 출정했습니다. 이번에는 일곱 시진 만에 140리 길을 달려 하비군 쉬려현(取慮縣)까지 들어가 황건 도당을 모조리 섬멸하고 전마 16필과 무수한 전량을 노획했습니다. 군자군 내 전사자는 없었고 단 두 명만 경상을 입었을 뿐입니다."

이 말에 도겸은 깜짝 놀라며 아들을 뚫어져라 바라보았다.

"쉬려현의 황건 도당을 네가 궤멸했다고? 하비의 허탐 장군은 전혀 그런 말이 없었다."

도응이 미소를 짓자 옆에 있던 조굉도 따라 웃으며 도겸에게 보고했다.

"말장, 먼저 주공께 거짓을 아뢴 죄를 청합니다. 쉬려현 황건 도당을 섬멸한 것은 이공자가 맞습니다. 다만 이공자가 군자군의 전력이 새나갈까 우려해 일부러 공을 허탐 장군에게 돌리자고 한 것입니다. 허탐 장군도 가만 앉아서 공을 차지할 목적으로 이에 동의한 것이옵니다."

도겸은 도무지 믿기지 않는다는 눈으로 아들을 처다보다가 물었다.

"좋다. 네 말이 전부 맞는다고 치자. 하지만 하루 만에 2백

리 길을 달리고 무슨 힘이 남아서 전투까지 가능하단 말이냐?"

"소자가 어찌 감히 부친을 속이겠습니까? 믿지 못하시겠다면 소자가 벤 적의 수급과 노획물이 오현에 모두 있으니 사람을 보내 확인해 보십시오. 그리고 백 리 길을 달리고도 전투가 가능한 이유는 모두 흉노마 덕분입니다. 흉노마가 비록 돌격력은 약하지만 장시간을 달리는 데는 강점이 있습니다. 2백 리가 아니라 3백 리도 너끈해 싸우는 데 아무 지장이 없습니다."

도겸은 그저 헛웃음만 나왔다. 하루에 2백 리를 달리고도 몇 배나 되는 적과 싸울 힘이 남아 있고, 게다가 손쉽게 승리까지 취하다니!

숱한 전투를 경험한 그로서는 들은 적도, 본 적도 없는 군대가 존재한다는 사실이 믿어지지 않으면서도 이런 군대를 길러낸 아들이 대견스러워 엷은 미소를 머금었다.

도응은 이 틈을 놓치지 않고 그 자리에서 무릎을 꿇고 엎드려 간청했다.

"소자도 심사숙고해 결정한 일입니다. 착융의 군사가 많다고는 하나 절대 군자군의 적수가 될 수 없습니다. 이번에 착융을 물리친다면 전량이 풍부한 광릉을 수복할 수 있을뿐더러 군자군도 대병과 겨루는 전투 경험을 쌓게 될 것입니다. 부디 소자를 보내주십시오!"

도겸은 아무 말 없이 자리에서 일어나 뒷짐을 지고 창밖만 응시했다. 그는 한참이 지나 다시 자리에 앉더니 도웅을 바라보고 말했다.

"네가 말한 세 번의 전투가 거짓이 아니라고 해도 착융은 하의, 황소 무리와는 근본적으로 다르다. 착융 휘하의 군대는 경험이 풍부하고 훈련이 잘된 관병에다가 병력도 수십 배가 많은데, 고작 8백 군자군으로 정벌에 나서는 건 달걀로 바위 치는 격이 되지 않을까 걱정이다."

그러자 도웅이 갑자기 눈물을 흘리며 거듭 간청했다.

"아버지, 이번 한 번만 소자를 믿어주십시오. 소자는 절대 승산 없는 싸움에 나서는 것이 아닙니다. 만약 미덥지 않으시다면 군령장을 쓰고 가겠습니다. 이번 전투에서 패하면 소자의 목을 내놓겠습니다."

도웅이 이렇게까지 나오자 도겸도 더 이상 아들을 만류하기 어려웠다. 도겸은 잠시 멍하니 있다가 결심한 듯 말했다.

"좋다. 이번 남정을 허락하마. 다만 한 가지 조건이 있다. 무슨 일이 있어도 살아 돌아오너라. 전황이 불리해지면 무모하게 공격에 나서지 말고 즉시 달아나야 한다. 살아남아야 뭐든 다시 시작할 수 있는 것이다. 이 아비를 위해서라도 꼭 살아 돌아오겠다고 약속해라."

도겸의 허락이 떨어지자 도웅은 너무 기쁜 나머지 다시 큰

절을 올렸다.

"소자, 부친의 명을 꼭 가슴에 새기겠습니다! 이번 정벌에서 대승을 거둬 부친의 시름을 덜어드리겠습니다!"

하지만 도겸은 아무래도 자식의 안위가 걱정돼 말했다.

"그럼 이렇게 하자꾸나. 네가 굳이 간다니 장광, 여유를 대동하고 5천 군사를 이끌고 남하하거라."

"그렇게 많은 군사는 필요 없습니다. 소자는 1천 보병이면 족합니다. 서주의 현재 병력으로 5천이 가당키나 하겠습니까? 게다가 군사가 많으면 소자에게 짐이 될 뿐입니다."

도겸은 더 이상 아들의 말을 고분고분 들어줄 수 없어 큰소리로 꾸짖었다.

"오냐오냐했더니 못하는 소리가 없구나! 8백 기병에 1천 보병으로 2만 군대를 어찌 상대한단 말이냐! 네가 백기(白起)의 환생이라도 되는 줄 아느냐!"

"지금 서주의 원기가 크게 상하고 전량이 매우 부족한 상황입니다. 이를 빤히 아는 소자가 어찌 부친께 부담을 더 지울 수 있겠습니까."

"애야, 이는 애들 장난이 아니라 전쟁이다. 네가 전쟁에 처음 출전하는데 경험 많은 장수 하나 없다면 어찌 마음을 놓겠느냐? 기어코 8백 군자군만 이끌고 가겠다면 방금 한 말은 모두 거둬들이고 출정을 불허하겠다!"

"소자, 그럼 부친의 명에 따르겠습니다. 다만 5천 군사는 너무 많으니 1천 보병에 장수 하나만 대동하게 해주십시오."

"허, 대체 그런 자신감은 어디서 나오는 것이냐? 그럼 장광과 함께 2천 보기를 거느리고 남정에 나서라. 더 이상은 이 아비도 용납할 수 없다. 장광은 우리와 같은 단양 사람에다 조표 밑에서 여러 해 전투를 치러 네 안전을 책임질 수 있을 것이다."

"알겠습니다. 다만 분란의 소지가 있으니 지휘권만은 소자에게 맡겨주십시오."

도겸은 아들의 고집에 혀를 내두르며 길게 탄식하더니 마지못해 이를 허락했다. 하지만 아무래도 마음이 놓이지 않아 거듭 당부했다.

"이 말은 꼭 기억해라. 승패는 중요하지 않다. 꼭 살아서 돌아와야 한다."

*   *   *

그날 밤, 도겸은 장광을 자사부로 불러들여 전후 상황을 그대로 전하고 전투에서는 패해도 상관없으니 도응만은 반드시 지켜달라고 신신당부했다.

물론 장광은 이 얘기를 듣고 펄쩍 뛰었다. 하지만 도겸이 병사들이 몰살당하는 한이 있어도 도웅만 지킨다면 대공을 세운 것으로 인정한다는 말에 어쩔 수 없이 명에 따르겠다고 대답했다.

이튿날 도웅의 남정 소식은 전 서주성에 쫙 퍼졌다. 이 소식이 미축 형제의 귀에 들어가지 않을 리 있겠는가. 미방은 이 얘기를 듣고 눈물을 쏙 뺄 정도로 웃음을 터뜨렸다.

"하하하, 도웅이 주제도 모르고 나서는 덕에 우리의 손발을 덜어주게 생겼습니다. 착용이 우리와 줄곧 불화했지만 이번만은 그의 승리를 경축해 주고 싶습니다."

하지만 미축은 곧 냉정을 되찾고 미방에게 분부했다.

"아직 기뻐하기는 이르니 당장 소패에 전통을 넣게. 그리고 서신 말미에 유비 공에게 꼭 이렇게 이르게. 도겸은 한 번도 우리 형제와 독대한 적이 없을 뿐 아니라 후계자 문서가 담긴 상자의 열쇠도 주지 않았다고 말이야."

"그 얘기는 이미 몇 번이나 언급했는데 굳이 그럴 필요가 있을까요?"

"절대 유비 공의 오해를 사면 안 되니까 여러 말 하지 말고 꼭 시키는 대로 하게."

사실 유비가 이전 서신에서 두 차례나 이 문제를 언급하는 통에 미축으로서는 답답한 마음을 금할 길이 없었다.

그들 형제가 취한 모든 행동은 오직 유비가 서주의 주인이 되길 바랐기 때문이다.

그런데 유비가 이를 의심하고 있으니 어찌 우울하지 않겠는가? 예로부터 주인의 의심을 사고 오래가는 신하는 없었다.

상황이 이렇다 보니 유비의 오해를 푸는 것이 급선무가 되었다.

미축은 간악한 도겸 부자의 계략에 넘어갔다는 생각이 들자 절로 이가 갈렸다.

한편 조표도 이 소식을 듣고 대경실색하며 당장 장광을 자신의 부저로 불러 단단히 명했다.

"대패를 당해도 좋으니 이공자만은 꼭 무사하게 귀환시켜야 한다. 이공자의 털끝 하나라도 다친다면 우리의 십 년 교분은 그날로 끝이다!"

"장군은 염려 놓으십시오. 주공께서도 똑같은 당부를 하셨습니다. 말장의 목숨을 내놓는 한이 있어도 공자는 무사히 돌아오도록 하겠습니다."

"자네나 나나 모두 단양 사람이다. 이공자에게 변고가 생긴다면 서주의 장래가 어찌 될 것 같은가? 대공자는 유약하고 무능하여 서주를 맡을 그릇이 못 된다. 그럼 주공께서도 하는 수 없이 유비를 염두에 둘 것이다. 그리되면 화가 우리에게도 미칠 것이 분명하다."

그러더니 조표는 길게 한숨을 내쉬고 중얼거렸다.

"아, 이공자여, 어쩌도 이리 어리석단 말입니까? 제 발로 사지에 들어가면 우리 단양 사람들은 누굴 믿고 살란 말입니까!"

"아버지—!"

이때 갑자기 한 여인이 날카로운 비명을 지르며 한달음에 조표에게 달려와 다그쳤다.

"그 백면서생이 겨우 3천 군사를 거느리고 광릉으로 남정을 떠난다고 난린데, 그 말이 사실인가요? 사실이라면 아버지는 왜 말리지 않으셨어요?"

"말리지 않았을 리가 있겠느냐? 하지만 주공께서 권해도 듣지 않는데 이 아비 말이 통하겠느냐? 미안하구나, 영아. 이 아비의 무능이 한스러울 따름이다."

과거의 역사를 알고 있는 도응은 군자군을 창설하면서 애초에 속도전을 염두에 두고 만들었다. 때문에 도응은 착융 정벌에도 속도전으로 나서려고 마음먹었다. 하지만 이 시대의 출정은 절차가 번다하고 준비 과정이 길어 그의 뜻대로 움직여 주지 않았다.

이에 도응은 인내심을 가지고 장광이 출정 준비를 하는 것을 기다려야 했다. 이왕 기다리는 김에 복잡하고도 번쇄한 출정 절차를 하나하나 익혀두었다.

도웅이 여기에 시간을 투자한 이유는 그중 쓸모없는 것은 버리고 정수만을 취해 훗날 더 많은 군대를 통솔하는 데 대비코자 함이었다. 앞으로도 계속 군자군 8백만 지휘할 것은 아니지 않은가.

도웅이 조바심을 내며 기다린 끝에 엿새째 되는 날 마침내 서주군은 출정 준비를 모두 마쳤다. 8월 초열흘날, 도웅과 장광은 서주성 남문에서 출정식을 거행하고 반적 착용을 꼭 토벌하겠다고 맹서했다.

오현에 주둔하고 있던 8백 군자군도 도기의 통솔 아래 서주로 돌아와 출정식에 참가했다.

원래는 각기 출전해 광릉에서 회합하기로 했으나 양초 보급의 편의를 위해 함께 하비를 거쳐 광릉으로 남정하기로 결정했기 때문이다.

수개월 만에 서주 군민에게 다시 모습을 드러낸 군자군은 전과 달리 막강한 위용을 과시했다. 군사 하나하나의 눈빛은 초롱초롱 빛났고, 정연하면서도 쩌렁쩌렁한 구호는 지켜보는 이들의 심장을 절로 뛰게 만들었다.

서주는 애초에 물산이 풍부했던 터라 타 지역에 비해 기골이 장대한 이들이 많았다. 그런 병사들을 갈고닦아 놓았으니 위용이 장해진 것도 당연했다.

이때 마침 청랑하던 하늘에 갑자기 먹구름이 짙게 깔리고 천둥번개가 치며 큰비가 퍼붓듯이 쏟아지기 시작했다.

출정식에 참가했던 서주 관민들은 물에 빠진 생쥐처럼 흠뻑 젖었고, 함께 도열해 있던 서주 주력군은 대오가 갑자기 이리저리 흐트러졌다. 하지만 8백 군자군은 마치 강철을 세워놓은 것처럼 미동도 않은 채 폭우 속에 꼿꼿이 서 있었다.

일찍이 동한의 명장 황보숭(皇甫嵩)을 따라 동정서벌에 나섰던 도겸은 이 광경을 보고 놀라움을 금치 못했다. 전투력은 어느 정도인지 가늠할 수 없었지만 조직 기율만큼은 천하의 어떤 부대도 따라올 수 없음을 한눈에 알아보았다.

이들은 마치 육국(六國)을 멸한 진(秦)의 웅사(雄師)와 비견할 만했다.

조표, 장광 같은 장수들은 비를 맞으며 안절부절못하는 서주군을 바라보며 부끄러운 마음에 얼굴이 화끈거렸다. 그러면서 이와 완전히 대비되는 군자군을 보고 경탄을 그치지 못했다. 물론 이를 고깝게 바라보는 이도 있었다.

"주군에게 아부나 떠는 놈들 같으니라고. 그냥 서 있는 게 뭐 대단하다고? 우리 집 가노들도 며칠만 훈련시키면 저놈들보다 더 잘 서 있을 수 있단 말이다."

미방은 조용히 혼잣말로 중얼거리며 옆에 있던 미축의 옆구리를 쿡쿡 찔렀다. 군자군 뒤쪽에 있는 거대한 수레 다섯 대를 보라는 신호를 보낸 것이었다.

미축은 아우의 뜻을 알아채고 낮은 목소리로 속삭였다.

"벽력거로구나. 이미 다 보고 있었다. 설계도를 진즉에 유비 공에게 보냈으니 정말 쓸모 있는 공성기라면 언제든지 만들어 낼 것이다."

미방은 간사한 웃음을 띠며 미축의 말에 동감을 표했다.

진시(辰時)가 넘어 출정식이 끝나자 나팔 소리가 길게 울렸다. 8백 군자군과 2천 서주군 보병은 폭우를 무릅쓴 채 깃발을 들고 행군을 시작했다.

이들은 곧게 뻗은 관도를 따라 남하해 먼저 양초 보급지인 하비로 향했다. 길가에 늘어선 인파 가운데에는 미정이 마차에 앉아 도응의 안전한 회군을 빌고 있었다.

                    *   *   *

군자군의 진정한 첫 번째 전투 상대인 착융은 도겸과 같은 단양 사람으로 단양에 있을 때 선행을 두루 베풀기로 이름이 높았다.

황건의 난이 일어나자 착융은 단양에서 수백 명을 규합한 후 서주로 북상해 도겸에게 몸을 의탁했다. 평소 선인으로 유명세를 떨친 데다 남의 비위를 맞추는 데도 능했던 착융은 얼마 지나지 않아 도겸의 신임과 중용을 받아 하비상(相)에 임명되었다.

그는 하비, 동해, 광릉의 식량 수송을 담당하며 서주에서 큰 위세를 떨쳤다.

착융은 대량의 전량을 관장하면서 자연스럽게 재물을 횡령하여 거대한 부를 쌓았다. 그런데 착융은 특이하게도 이렇게 그러모은 재물 중 일부를 떼어 불교를 널리 알리는 데에 사용했다. 하비 일대에 널리 사원을 건립하고 법회를 성대하게 열었을 뿐 아니라 불교 신도에게는 부세와 요역을 면제해 주고 백성에게 불경을 암송하도록 장려했다. 또 4월 초파일마다 대규모 관불회(灌佛會)를 열어 먹고 마시는 데만 어마어마한 비용을 허비했다.

후에 조조의 대군이 서주로 쳐들어와 도륙을 자행하자 착융은 하비의 군민과 3천 기병을 이끌고 광릉으로 도주했다. 광릉태수 조욱은 주연을 열어 착융을 후하게 대접했으나 광릉의 재물에 눈이 먼 착융은 술자리에서 조욱을 단칼에 베고 부성(富城) 광릉을 강점했다.

그런데 이때 착융은 역사와는 확연히 다른 선택을 하게 된다.

원래 역사에서는 광릉을 한바탕 약탈한 후 장강(長江)을 건

너 말릉과 예장으로 가 설례(薛禮)와 주호(朱皓)를 죽이고 성을 빼앗은 것으로 기록되어 있다.

하지만 지금 그는 난세에 부처의 뜻을 중생에게 널리 전파하려는 웅대한 포부를 안고 광릉에서 도약을 노리는 중이었다.

자신의 죄과를 깊이 알고 있는 착융은 도겸이 혹시 보복에 나서지 않을까 염려해 서주성 안에 밀정을 심어놓고 서주군의 동향을 몰래 정탐하고 있었다.

이에 도응의 광릉 남정 소식은 재빨리 착융의 귀에 들어갔다.

처음에 서주 대군이 정벌에 나섰다는 소식을 듣고 착융은 크게 놀라며 어찌할 바를 몰랐다.

하지만 서주군 대장의 이름이 누구인지, 또 정벌군의 병력이 얼마나 되는지 상세한 보고를 받은 후 큰소리로 웃으며 소리쳤다.

"하하하, 도겸이 드디어 정신줄을 놓았구나. 백면서생인 둘째 아들을 보내 공격하면서 군사를 채 3천도 주지 않았단 말이냐? 이는 살찐 양을 호랑이 입으로 보내는 것과 무에 다르겠느냐!"

이 말에 곁에 있던 심복 우자(于茲)가 미심쩍은 표정을 지으며 간했다.

"절대 적을 얕봐서는 안 됩니다. 도겸은 본래 간교하기로 이름 높고 군사를 잘 아는 자인데, 고작 3천 군사로 2만이 넘는 광릉군을 공격해 올 리 만무합니다. 여기에는 필시 속임수가 있을 것입니다. 게다가 장광은 싸움에 능한지라 일단 조심하는 것이 좋을 듯합니다."

"그대는 의심이 너무 많구나. 도겸이 지금 무슨 속임수를 쓸 수 있겠는가? 사수 전투에서 병마 열에 일고여덟이 꺾여 남은 군사라곤 5군을 통틀어야 2만도 채 되지 않는다. 게다가 밖으로는 원술과 조조를 막아내야 하고, 안으로는 장패와 유비를 경계해야 하는데 어디에 남은 병력이 있어서 음모를 꾸민단 말인가? 우리가 먼저 쳐들어가지 않은 것을 저들이 다행으로 알아야 할 판에, 그깟 3천의 병력으로 진격하는 적이 무에 두렵겠는가."

그래도 우자는 여전히 의혹을 떨치지 못했다.

"그런 상황쯤은 소관도 잘 알고 있습니다. 다만 도겸도 절대 이를 모를 리 없다는 사실입니다. 도겸이 바보가 아닌 이상 이렇게 적은 병력으로 2만이 넘는 대군을 상대하러 온다는 것이 이해가 되지 않아서 드리는 말씀입니다."

그러자 착융이 코웃음을 치면서 경멸하는 표정을 지었다.

"내가 옆에서 도겸을 줄곧 지켜보지 않았느냐? 도겸 늙은 이는 잔재주나 부리길 좋아하는 자일 따름이다. 자신의 심복과 친신(親信)을 발탁하기 위해 그들로 하여금 산적이나 도적을 토벌하게 하고서 전공을 크게 부풀려 마치 적군에게 대승을 거둔 것처럼 속이기 일쑤였다. 이렇게 해서 중용된 자들이 조표, 여유, 허탐 같은 쓰레기들이다. 지금 도겸은 연로하고 다병하여 살날이 얼마 남지 않았음을 알고 급히 자기 아들을 보내 또다시 전공을 속이려는 수작을 부리는 것이다."

"그럼 장군의 말뜻은… 도겸이 이번에 도응을 파견한 목적은 광릉성을 공격하기 위함이 아니라 전공을 날조해 도응에게 자사 보좌를 물려주기 위함이란 것입니까?"

"도겸에게 그 목적 외에 무슨 또 다른 의도가 있겠는가? 그의 두 아들을 자네도 봐서 알겠지만 누가 더 도겸의 기업을 물려받을 가능성이 높겠는가?"

"누가 도겸의 뒤를 이어도 크게 다르지는 않을 것입니다. 다만 지난번 도응이 자신의 몸을 던져 서주를 구한 일로 명성을 크게 떨쳤으니 아무래도 도겸이 도응을 선택할 가능성이 훨씬 높겠지요."

"내 말이 바로 그 말이다. 이제 왜 도겸이 도상이 아닌 도응을 보냈는지 알겠는가? 도응은 분명 광릉 경계를 한 바퀴 돈 후에 서주로 돌아갈 것이다. 그러면 도겸이 알아서 그의 전공을 크게 부풀린 다음 병력이 부족하고 지원군이 제때 도착하지 않아 부득이하게 퇴각했다며 안타까워할 것이다. 명분과 실리를 모두 노린 도겸다운 계략 아닌가."

우자는 곰곰이 생각해 본 후 착융의 말이 일리가 있다고 여겼다. 정말 자신들을 제거하고자 마음먹었다면 군사를 고작 그만큼만 보냈겠는가. 이에 급히 착융에게 말했다.

"정황이 그렇다면 이번 싸움은 크게 걱정할 필요가 없겠군요. 광릉과 해릉, 당읍, 강도 등 몇 개 요충지만 굳게 지키십시오. 성을 공격할 담력이 없는 도웅은 군량이 떨어지면 자연히 물러갈 것입니다."

이 말에 착융은 손을 내젓고 음흉한 미소를 지으며 말했다.

"아니, 성을 지키지 않을 것이다. 도웅이 거짓 공을 세우도록 어찌 손을 놓고 지켜본단 말인가. 이번에 내 친히 군사를 이끌고 출격해 어린놈을 사로잡아 도겸에게 몸값을 톡톡히 요구할 생각이다."

이 말에 우자는 화들짝 놀랐다.

"장군, 굳이 그런 모험은 피하시지요. 도웅은 전혀 염려할 것이 못 되지만 그의 부장인 장광은 만만히 볼 적수가 아닙니다. 만일의 사태에 대비해 성을 굳게 지키는 것이 상책인 줄 아룁니다."

그러자 착융의 입에서 피식 하고 웃음이 새어 나왔다.

"장광이 무에 그리 대단하단 말이냐? 내 생각은 이미 정해졌으니 더 이상 여러 말 말라. 그대는 서둘러 출정 준비에나 신경 쓰도록 해라. 그리고 척후병을 보내 도응의 일거일동을 잘 감시하라. 도응의 군대가 고우(高郵)를 넘는 즉시 출격할 것이다. 이번에 반드시 도응을 사로잡아 한몫 단단히 챙길 테니 두고 보아라!"

우자는 착융이 계속 출병을 고집하는 데다 스스로 보기에도 적이 매우 약하다는 생각이 들어 더는 수성을 간하지 않았다.

그는 즉시 합장하고 물러나와 병마 배치를 일일이 지시함과 동시에 척후 기병 여럿을 북쪽으로 보내 도응 군대의 행로를 정탐했다.

*   *   *

도응군은 하비군 내의 하비와 하상, 두 성에서 양초와 치중을 보강한 후, 능현(淩縣)을 따라 계속 남하해 먼저 회음(淮陰)에 도착했다.

도응군은 회음 나루에서 회하(淮河)를 건너 광릉까지 곧장 쳐들어갈 계획을 세웠다.

회음과 능현은 원래 광릉군에 속했지만 너무 북쪽에 치우친 데다 인구마저 급감하여 착융이 거의 신경을 쓰지 않았다.

이에 줄곧 서주 지방 관원의 통제하에 놓였던 덕에 도응 부대
는 순조롭게 도선과 부교를 마련할 수 있었다.

그런데 강을 건널 때쯤 평화롭게만 보였던 도응과 장광 사
이에 논쟁이 발생했다.

장광은 착융군의 동태를 면밀히 살피면서 기회를 봐 진군하
자고 건의했는데, 도응이 뜻밖에 군대를 나눠 공격하자고 말
한 것이다.

"분병이라고요?"

장광은 눈을 동그랗게 뜨고 깜짝 놀라는 표정을 지었다.

"공자, 지금 농담하십니까? 아군의 병력이 얼마 되지 않는
데 여기서 군대까지 나눠 진격하면 착융에게 각개격파당하기
안성맞춤이 됩니다."

"장 장군, 전 지금 진지하게 얘기하는 중입니다. 제 계책은
이렇습니다. 전 8백 군자군을 거느리고 먼저 남하하여 착융
이 성을 나와 싸우도록 유도할 것입니다. 장 장군은 군량과
치중을 수송하며 천천히 따라오다가 평안현(平安縣)에서 제
전갈을 기다리십시오. 평안은 조적의 난 때 거의 버려지다시
피 해 주둔하는 데 아무 문제가 없습니다. 만약 제가 야전에
서 착융의 목을 베면 장군은 즉시 남하해 승세를 탄 부대를
이끌고 함께 광릉성을 취하면 됩니다. 그런데 착융이 요행히
달아났을 경우에는 제가 광릉성을 포위하고 각 로의 원군을

차단할 테니 장 장군이 공성 무기로 고립된 광릉성을 공격하십시오."

장광은 어디 이런 허무맹랑한 계책이 있나 싶어 자신의 귀를 의심했다.

"네? 착융의 목을 벤다고요? 또 착융이 '요행히' 달아난다고요? 공자, 군자군이 무슨 신병천장(神兵天將)이라도 된단 말입니까? 무얼 믿고 이리도 자신만만하십니까?"

"물론 군자군은 신병천장이 아닙니다. 다만 누구도 따라올 수 없을 만큼 뛰어난 전술을 구사하고, 진을 치고 싸우길 좋아하는 군대와 상극이 될 뿐입니다. 유일하게 부족한 점은 군자군과 보병의 합동 작전 계책을 아직 찾지 못했다는 것입니다. 이에 보병이 발목을 잡을까 염려되니 장 장군은 잠시 평안성에 주둔해 있으십시오."

"제… 제가 공자의 발목을 잡는다고요?"

장광은 아연실색해 말도 제대로 나오지 않았다. 두고 보자니 이공자의 오만무도함이 도를 넘어도 한참 넘었다.

이때 도응의 부장인 도기가 거들며 말했다.

"장 장군, 형님의 말은 웃자고 하는 얘기가 아닙니다. 형님과 제가 머리를 쥐어짰지만 도무지 방법을 생각해 낼 수 없었습니다. 그러니 장군은 잠시 평안에 주둔하며 우리의 대승 소식을 기다리십시오. 착융의 목을 베면 당연히 장군에게도 공이 돌아갈 것입니다."

장광은 더 이상 참지 못하고 크게 소리를 질렀다.

"삼공자까지 왜 이러시오? 착융의 병력이 얼마인지 대체 알고 하는 소리입니까? 8백 군자군으로 남하했다가는 몰살을 면치 못할 것이오!"

도기는 도응의 얼굴을 바라보고 웃음을 지은 후 자신만만하게 대답했다.

"우리는 아무 탈도 없을 것이니 너무 염려 마십시오. 5개월 전이었다면 저도 분명 장 장군과 같은 반응을 보였을 겁니다. 하지만 지금은… 아무튼 걱정 붙들어 매라는 말씀을 드리고 싶군요."

장광은 두 공자가 번갈아가며 말도 안 되는 얘기를 늘어놓는 통에 머릿속만 더욱 복잡해졌다. 대체 이들이 제정신이란 말인가?

"두 분 공자는 대체 언제까지 잠꼬대를 하실 겁니까?"

"흥, 허튼소리를 더 이상 들어줄 수 없겠군요!"

이때 장광 뒤에서 날카로운 목소리가 울리더니 군관 하나가 장광의 친병 가운데서 불쑥 튀어나왔다.

그는 성큼성큼 앞으로 다가와 장광의 소매를 잡고 도응을 쏘아보며 말했다.

"숙부, 저 샌님의 얼빠진 소리는 듣지 마십시오. 8백 기병으

98 전공 삼국지

로 수만 군사를 상대한다는 게 말이나 됩니까?"

도기는 이 광경을 보고 대로하여 소리쳤다.

"무엄하구나! 일개 군관이 감히 장수들 얘기에 끼어들다니! 여봐라, 당장 저자를 끌어내 목을 베어라!"

"예!"

좌우 친병이 일제히 대답하고 험악한 표정으로 그 군관에게 다가갔다. 다급해진 장광이 이를 제지하려고 하는데 도응이 더 다급한 목소리로 외쳤다.

"너, 너희들은 잠시 물렀거라!"

"형님, 왜 그러십니까?"

도기는 도응의 갑작스런 반응에 잠시 멍해 있다가 그제야 그자가 누구인지 알아봤다.

"임청? 네놈은 그 탈영병 임청이 아니냐!"

"누가 탈영병이란 말이오? 난 그저 저 서생의 앞날이 캄캄할 것 같아 숙부 휘하의 친병으로 돌아온 것뿐이오. 그게 뭐 잘못됐소?"

"일개 친병 주제에 장수인 나에게 그 무슨 무례한 말버릇이냐!"

도기는 화가 치밀어 올라 자기도 모르게 허리춤의 칼자루로 손이 갔다.

도응은 급히 도기의 손을 잡고 진정시키며 말했다.

"아우, 장광 장군은 우리보다 연장자이고 저 소… 임 공자는 그의 권속이니 그리 화내지 말고 좋은 말로 하게나."

장광도 황급히 공수하고 말했다.

"삼공자는 화를 가라앉히십시오. 이 조카가 어려서부터 응석받이로 자라 너무 버릇이 없습니다. 두 공자에게 무례하게 군 점 말장의 얼굴을 봐 용서해 주십시오."

장광이 이렇게까지 말하자 도기도 어쩔 수 없다는 듯 흥 하고 콧소리를 내더니 뽑으려던 칼을 도로 칼집에 넣었다.

잠시간의 침묵이 흐른 후 도응이 엄숙한 표정으로 말했다.

"장 장군, 조카분이 버릇없이 군 일은 따지지 않겠소만 그가 군자군 탈영병임은 명백한 사실이오. 해서 지금 당장 그를 끌어내 곤장 백 대를 때리는 군법을 시행해야겠소."

"저 서생 놈이……."

임청은 당장 일어나 달려들 태세를 취했다. 장광은 급히 그녀를 붙잡아놓은 후 도응에게 허리를 굽혀 읍하고 말했다.

"공자, 조카가 군자군 내에서 말썽을 일으킨 일은 말장도 대강 들어 알고 있습니다. 죄를 범했으니 당연히 군법을 집행해야지요. 다만 말장이 그의 부친과 생사를 같이한 사이인 데다 이번에 특별히 저에게 이 아이를 맡겼습니다. 그러니 말장의 얼굴을 봐서라도 이번만 용서를 구합니다."

하지만 도응은 단호하게 고개를 내저었다.

"다른 일이라면 논의의 여지가 있지만 이 일만큼은 절대 용납할 수 없소이다. 치병(治兵)의 제일 요결은 태산 같은 군령입니다. 옛날 손무(孫武)는 오왕(吳王)의 애첩을 베고 궁녀를 군사로 만들어냈습니다. 지금 도망친 사졸을 엄벌에 처하지 않는다면 어찌 군자군에게 충심으로 심복하고 기율을 엄수하라고 명하겠소이까?"

임청은 고개를 획 돌려 독살스럽게 도응을 노려보았다. 그러자 도응은 하늘을 바라보며 불이 붙을 것 같은 임청의 눈을 피했다. 임청은 더욱 화가 나 주먹을 꽉 쥐고 도응에게 달려들려고 했다.

다행히 곁에 있던 장광이 재빠르게 임청을 말리고 그녀의 입을 막은 다음 간청하는 목소리로 말했다.

"조카의 죄는 변명의 여지가 없음을 잘 알고 있습니다. 다만 전투를 앞에 두고 사졸을 벌하면 군심이 동요할까 우려됩니다. 그러니 이번 한 번만 은혜를 베풀어주시면 말장이 항상 옆에서 모시며 공자의 대은에 보답하겠습니다."

이 말에 도응은 한참 동안 난색을 표하다가 마지못하다는 듯 입을 열었다.

"제가 장군의 체면을 보아주지 않는 것이 아니라 군령은 태산 같다 보니… 그럼 이렇게 합시다. 장군의 체면을 봐서 이번 한 번은 조카를 용서해 주겠는데, 단 조건이 하나 있소이다.

장군이 전군 지휘관인 제 의견에 따라 보병을 이끌고 평안성으로 가 명을 기다리는 것이오."

"네?"

도응의 입에서 이런 말이 나올 줄 전혀 예상 못 한 장광은 말문이 막히고 말았다.

도응이 빙그레 웃으면서 말했다.

"자, 선택하시지요. 제 명을 따르겠습니까? 아니면 군법을 집행할까요? 먼저 군법을 집행한 후에 다시 진군 방법을 논의하는 것도 괜찮겠군요."

할 말을 잃은 장광은 한참을 멍하니 있다가 어쩔 수 없다는 듯 한숨을 내쉬었다.

"휴, 어찌 이리도 사람을 희롱하십니까?"

결국 장광은 울며 겨자 먹기로 도응의 계책에 따르는 데 동의했다. 하지만 장광도 순순히 물러나지는 않았다.

"평안성에서 기다리라는 명을 따르겠습니다만 말장도 조건이 하나 있습니다. 군자군을 이끌고 남하하여 착융과 교전을 벌이다가 만약 상황이 여의치 않으면 속히 철군하겠다고 약속해 주십시오."

도응은 장광이 여전히 자신을 믿지 못하고 있지만 어쨌든 이 말이 충심에서 나왔다는 것을 잘 알고 있었기에 웃으면서 대답했다.

"너무 염려 마십시오. 저도 이 나이에 목숨을 잃고 싶진 않습니다. 내 장군의 충고를 꼭 가슴에 새기리다."

가까스로 장광을 설득한 도응은 손바닥을 쳐 시선을 집중시킨 후 상황을 다시 정리했다.

"자, 그럼 전군이 회하를 건넌 후 군자군은 열흘 치 양초(糧草)만 가지고 광릉으로 출발하겠소. 장 장군은 보병을 이끌고 평안성에서 주둔하고 있다가 내가 전통을 넣으면 즉시 남하해 전투를 도우시오."

"말장, 명에 따르겠습니다!"

장광은 대답은 이리했지만 아무래도 안심이 안 돼 다시 한번 도응에게 당부했다.

"전황이 불리해지면 꼭 관도를 따라 북으로 철수하십시오. 그럼 말장이 접응해 공자를 돕겠습니다."

도응은 알았다며 고개를 끄덕인 후 시선을 장광 옆에 있는 임청에게 돌렸다. 그는 아직까지도 씩씩거리고 있는 임청을 바라보며 말했다.

"임 공자, 전에 내가 조련해 낸 군자군을 친히 보겠다고 말하지 않았소? 지금 군자군이 처음으로 출전하니 나를 따라 남하해 군자군의 위용을 두 둔으로 직접 보지 않겠소?"

"흥, 관심 없소이다."

전부터 임청이 눈에 거슬렸던 도기가 코웃음을 쳤다.

"형님, 저놈을 데려가서 뭐합니까? 짐만 될 뿐입니다."

이때 장광이 임청에게 귓속말로 뭐라고 하더니 다시 도응에게 얘기했다.

"말장이 방금 얘기해 두었으니 착융 정벌에 조카도 데리고 가주십시오. 어려서부터 기사(騎射)에 익숙해 방해가 되진 않을 것입니다. 또 참혹한 전장을 보면 철도 좀 들겠지요."

"그럼 그리 알겠소이다. 자, 이제 슬슬 출발해 봅시다."

분병 문제로 의견 충돌이 일어나 시간을 지체했던 도응군은 서둘러 회화를 건넜다.

도응은 정확히 820기로 구성된 군자군에게 열흘 치 양초만 지니라고 명한 후, 착융과 결전을 치르러 광릉으로 먼저 출발했다.

뒤이어 장광이 2천 보병을 거느리고 양초와 치중 및 군자군의 비밀 무기인 회회거를 수송하여 평안성으로 향했다.

한편 도응은 훈련 중에 심한 부상을 당한 군자군 사병 둘을 장광군에 배치했다.

공성 전투가 일어날 것에 대비해 장광군에게 회회포 조작법을 가르쳐 주기 위함이었다.

이밖에 도응군에는 편제 외 인원이 한 명 더 있었으니, 바로 장패에게서 얻은 서성이었다. 서주성으로 돌아와 그의 고강한 무예를 지켜본 도응은 감탄사를 연발하며 보석을 얻었다고 크게 기뻐했다. 하지만 도응은 서성을 군자군에 편입시키지 않았다.

훗날의 쓰임을 위해 단지 자신의 친병 부대장으로 삼았을 뿐이다.

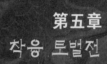

第五章
착응 토벌전

　광릉이 부성(富城)이긴 하지만 북쪽 지역은 인구가 많지 않고 그나마 있는 작은 성들도 대부분 방치된 상태였다. 이에 사방이 전란으로 황폐화된 논밭과 구릉, 수림이었고, 땅은 드넓으면서도 지대가 낮았다. 이는 군자군이 작전을 펼치기 매우 이상적인 환경을 제공했다.

　군자군은 하루 만에 120리 길을 달려 지금의 보응(寶應) 일대에 이르러 휴식을 취했다. 요즘 군자군 훈련에 재미가 들린 도기는 겨우 120리 달리고 쉰다며 불평을 늘어놓았지만 서성이나 임청은 처음 겪는 일이라 힘들어 미칠 지경이었다. 그래도 서성은 군말 없이 행군에 임했지만 임청은 화가 단단히 나 도응을 보고 말했다.

"아니, 지금 제정신이오? 하루에 120리나 행군하다니? 병사와 전마를 지쳐 죽게 만들 생각인 거요?"

도응은 이리저리 두리번거리다가 웃으면서 물었다.

"힘드시오? 그럼 군자군 병사들은 어떤지 한 번 보시오."

이 말에 임청은 좌우를 빙 둘러보고 어안이 벙벙해졌다. 120리 길을 행군하고도 하나같이 평소처럼 행동하고 있지 않은가. 가벼운 분위기에 웃고 떠들며 밥을 짓고 몇몇은 힘이 남아도는지 개별 훈련까지 하고 있었다.

이에 임청은 군사는 피곤하지 않아도 말은 지쳤겠지 하면서 군자군이 타는 나귀만 한 흉노말에게 시선을 돌렸다. 그런데 자신이 타는 대완마는 힘이 들어 입에 거품을 물고 있는데, 그 말들은 여유로운 표정을 지으며 유유히 풀을 뜯고 있는 것이 아닌가. 대체 이것이 어떻게 된 조화란 말인가.

임청은 눈을 동그랗게 뜬 채 어리둥절한 표정으로 도응에게 물었다.

"하루에 120리 길을 행군할 수 있는 건 다 저 나귀 같은 말 덕분이란 말이오?"

"더 말해 무엇 하겠소. 저 흉노마의 지구력을 눈으로 직접 보고도 못 믿겠단 말이오?"

도웅은 임청의 의문을 풀어준 후, 임청이 피곤할 것이라는 생각에 친병 대장 이명을 불러 분부했다.

"사람을 시켜 막사 하나를 만들어 장 장군 조카를 쉬도록 하게. 그리고 오늘은 날씨가 좋을 듯하니 굳이 영채를 차리지 말고 모전(毛氈)을 덮고 자도록. 내일 날이 밝는 대로 출발할 것이다."

이튿날 군자군은 다시 130리 길을 행군했다. 거우 8백여 기 밖에 안 되는 군자군이 질풍처럼 행군한다는 소식이 뒤따라오는 장광에게 전해졌다. 장광은 당연히 화들짝 놀라며 연이어 사람을 보내 행군 속도를 늦춰 적진 깊숙이 들어가지 말라고 요구했다.

한편 광릉성에서 도웅군의 소식을 탐지한 착융은 크게 소리 내 웃으며 도웅을 비웃었다. 원래 얼마 안 되는 병력을 분병한 것도 모자라, 소수 기병을 이끌고 나는 듯이 적진으로 뛰어들다니. 제 발로 목숨을 버리러 오는 것이 아니고 무엇이랴!

착융은 한바탕 도웅을 비웃고 즉각 작전 명령을 내렸다.

2만 군사 중 1만은 셋으로 나눠 각각 광릉, 강도, 해릉을 지키라 명하고, 자신은 나머지 1만 군사를 이끌고 친히 북상하기로 결정했다. 몸값이 금값인 도웅이 사태를 깨닫고 도망치기 전에 얼른 손을 쓸 필요가 있었다.

한쪽은 쏜살같은 속도로 남하하고, 다른 한쪽은 일각도 지체할 수 없다며 북상하니 모두가 고대하던 군자군의 서전 시기도 마침내 눈앞에 다가왔다.

8월 스무닷새 아침, 군자군을 이끌고 고우를 지난 도응은 척후병에게 적황을 보고받았다. 착융이 어제 정오에 1만 보기를 이끌고 북상해 반나절 만에 40리를 행군했으니, 오늘도 이 속도로 행군한다면 이르면 오늘 정오에 착융 군대와 맞닥뜨릴 수 있다는 것이었다.

도응은 이 소식을 전달받고 회심의 미소를 띠며 전군에 명을 내렸다.

"전군은 모두 안장 앞뒤에 숫을대를 꽂고 등자를 장착하라. 또 전마를 배불리 먹인 다음 편자를 한 번 더 점검해라. 지금부터는 말을 끌고 행군할 것이다!"

도응의 명에 군자군은 능숙하게 안장의 앞뒤에 팬 홈에 납작한 나무를 꽂아 고정하고, 안장 옆구리에 달린 고리에 등자를 달았다. 물론 임청과 서성은 이 광경을 괴이하고 신기하게 바라볼 뿐이었다. 이때 임청은 모든 흉노마 말굽 밑쪽에 반원형 쇠가 달려 있는 것을 보게 되었다. 도응의 전마도 예외가 아니었다. 도응은 말에서 내려 편자가 말굽에 제대로 장착됐는지 점검하는 중이었다.

임청은 궁금증을 참을 수 없어 도응에게 다가가 물었다.

"말발굽에 어째서 반원형 쇠를 달아놓은 것이오? 저러면 말이 불편하지 않겠소?"

"음, 그대도 말을 탈 줄 아니 말굽이 다 단 말의 운명을 알 것이오. 달릴 수도, 마차를 끌 수도 없어 결국 식용으로 쓰이지 않소? 그런데 말굽에 이런 쇠를 달아놓으면 말굽이 쉬이 닳지 않아 오래도록 전마로 이용할 수 있는 것이오."

임청이 자세히 관찰해 보니 도응의 말이 맞는 듯했다. 평평한 반원형 쇠 덕분에 확실히 말굽과 지면의 마찰이 크게 줄고, 말굽이 땅에 닿을 일이 없어 보였다. 하지만 임청은 여전히 이해가 가지 않는 점이 있어 다시 물었다.

"그럼 말이 아프지 않겠소?"

"그대는 손톱을 자를 때 아프오? 말굽은 사람의 손톱과 같아서 전혀 통증을 느끼지 못해 말에게 아무런 영향도 없소. 말 나온 김에 그대의 전마에도 편자를 다는 건 어떻겠소? 이제 본격적으로 전투가 벌어질 텐데 말굽이 찢어지거나 상하면 곤란해질 것이오."

"사양하리다. 대완마에 못이라도 잘못 박히면 손해가 더 클테니까."

"마음대로 하시오. 하지만 나중에 전장에서 갑자기 말굽이 상했다고 날 탓하긴 없기요."

도응은 웃으면서 대답한 후 곁에 있던 서성에게 고개를 돌려 말했다.

"서성, 오늘 안으로 착융과 결전을 벌일 것이네. 개전에 앞서 자네에게 꼭 해둘 말이 있네. 반드시 기억했다가 전투가 끝난 후 나에게 꼭 답을 줘야 하네."

서성이 공손히 손을 모아 대답했다.

"무슨 명이든 내려만 주십시오."

"내가 왜 자네를 군자군에 편입시키지 않은 줄 아는가? 무예로 본다면 군자군에서 누구도 따라올 자가 없고, 도기를 포함해 군자군 모두 쌍수를 들고 자네를 반기는데도 말이야."

서성은 마음속으로 도응이 자신을 못 믿는 것이 아닌가 라고 생각했다.

도응은 서성의 속을 훤히 꿰뚫고 있다는 듯 웃으면서 말했다.

"혹시 내가 자네를 믿지 못해서 그런 것 아닌가 라고 생각하고 있지 않나? 하하. 만약 그리 생각한다면 틀려도 단단히 틀렸네. 내가 자네를 군자군에 편입시키지 않고, 또 군자군의 전술을 알려주지 않는 데는 두 가지 이유가 있네. 하나는 자네가 제삼자 입장에서 군자군 전술의 장점과 단점을 관찰해주길 바라서네. 당사자보다 제삼자의 눈이 더 밝은 법이니 말일세. 자네는 군자군의 전술을 모르는 데다 이미 장패 휘하에서 작전 경험이 있기 때문에 자네의 관점은 군자군의 전술을 개선하는 데 분명 큰 도움이 될 것이야."

서성은 도웅의 칭찬에 어찌할 바를 몰라 했다.

"소인, 황송할 따름입니다. 그럼 두 번째 이유는 무엇인가요?"

"군자군은 머지않아 규모를 확장해야 하고, 또 기병만 고집하고 않고 보병도 새로 창설할 계획이네. 그래서 자네가 군자군의 전술을 친히 목도한 후 자세히 고민해 볼 것이 있네. 자네가 보병 부대를 거느리고 군자군 기병과 공동 작전을 펼친다면 어떤 전술을 사용해야 보병이 군자군의 방해가 되지 않고 군자군의 약점을 보완할 수 있는지 말이야."

이 말에 서성은 깜짝 놀라며 대답했다.

"소인은 일개 십장입니다. 어찌 그런 망상을 품겠습니까?"

"너무 겸손해하지 말게. 관직이 낮으면 큰 공을 세워 대장 자리에 오르면 되는 것이야. 자네 정도의 무예 실력이면 보병을 거느리고 전투를 벌이는 데 아무 문제가 없네. 그래서 보병 부대를 조직한 뒤에 자네가 꼭 주장을 맡아줘야겠어."

서성은 예상치도 못한 도웅의 말에 급히 한쪽 무릎을 꿇고 공수하며 대답했다.

"소인, 공자의 지우지은(知遇之恩)에 몸 둘 바를 모르겠습니다. 소장이 분골쇄신하더라도 은혜의 만분지일을 갚기 어려울 것입니다."

원래 역사에서 오나라 명장으로 맹위를 떨친 장수가 자신에게 충성을 맹세하자, 도응은 흐뭇한 웃음을 지으면서 서성을 일으켜 세우고 말했다.

"나에게 감사하긴 아직 이르네. 단지 이런 계획을 가지고 있다고 말한 것뿐이야. 군자군 보병 장수가 될 수 있는지, 또 병사들이 마음으로 심복할지는 모두 자네 노력 여하에 달렸음을 명심하게."

전마의 체력을 아끼기 위해 도응을 포함한 군자군 전원은 말을 끌고 걸어서 빠르지도 느리지도 않은 속도로 남하했다. 하지만 북상하는 착융군은 이와 정반대였다. 호랑이굴로 들어온 살찐 양이 몰래 내뺄까 걱정돼 날이 채 밝기도 전에 서둘러 길을 재촉했다. 병사든 전마든 오로지 행군을 가속하는 데만 집중했다. 오시경에 이르러 고우 남쪽 20리 지점에서 군자군과 착융군은 마침내 상대방의 기치와 대오를 보게 되었다.

천지를 뒤덮을 듯한 기세로 달려오는 적의 대군을 보고 도응은 마음속으로 땀이 날 정도로 긴장이 되었다. 하지만 겉으로는 냉정한 모습을 보이며 명령을 기다리고 있는 도기, 연빈 등 군자군 다섯 장수에게 결연하게 명했다.

"진을 치고 예정된 전술에 따라 공격하라!"

"존명!"

다섯 장수는 나는 듯이 달려가 대오를 조직했다.

순식간에 군자군은 5열 횡대로 늘어섰다. 그중 피갑(皮甲)이나 철편갑(鐵片甲)을 입고, 머리에는 투구를 썼으며, 흰색 사의를 밖에 걸친 중기병(重騎兵)들이 방패를 들고 앞쪽 2열에 배치됐다. 횡대는 매우 가지런했으나 간격이 매우 넓어 두 기병 사이로 대여섯 명은 족히 지나가고도 남았다.

뒤쪽 세 열의 군자군은 전원 경기병(輕騎兵)이었다. 일반 군복을 입고, 가벼운 투구를 썼으며, 역시 밖에 흰색 사의를 걸쳤다. 가능한 한 전마의 부담을 줄이려고 했지만 경기병마다 커다란 화살통을 세 개씩 지니고 있었다. 이 세 경기병도 중기병 뒤에 횡대로 늘어선 후, 두 중기병과 느슨하면서도 가지런한 방진을 이루었다. 도응은 대오의 가장 앞으로 나와 군자대 군기 아래서 작전을 지휘했다.

서성은 장패 군중에서 있었고, 임청도 장수의 후손인지라 군사에 관해서는 나름대로 경험과 식견을 가지고 있었다. 그런데 군자군의 이 방진을 본 후 저도 모르게 얼굴이 하얘졌다.

왜냐하면 군자군의 방진이 너무 허술한 데다 사병과 사병 사이의 거리가 너무 멀어 상호 간에 도움을 주기 매우 어려웠기 때문이다. 동시에 대오가 너무 느슨하여 앞 두 줄의 중기병이 적의 돌격을 저지하는 역할을 전혀 할 수 없었다.

이는 곧 적이 돌격을 가한다면 거의 힘들이지 않고 군자군 방진 내부로 뚫고 들어와 군자군을 궤멸시킬 수 있다는 얘기가 된다. 병력도 절대적으로 열세인 데다 군사들도 여기저기 흩어져 있으니 적에게 닥치는 대로 도륙당하는 것 외에 다른 결과가 있겠는가?

"아, 이런 샌님을 봤나? 도대체 전술을 아는 거야, 모르는 거야……."

임청이 발을 동동 구르고 있을 무렵, 역시 이 진용을 지켜보던 착융의 부장 우자가 손바닥을 치며 말했다.

"도응은 상상한 것보다 훨씬 더 상대하기 쉽겠습니다. 잘 보십시오. 병력을 배치하고 진을 치는 법을 전혀 모르고 있습니다. 기병의 도열이 너무 느슨한 데다 거마(拒馬)나 녹채(鹿砦) 같은 방해물 하나 없습니다. 우리 부대가 곧장 쳐들어가기만 하면 도응의 대오는 완전히 무너져 사방으로 뿔뿔이 흩어질 것입니다."

착융이 득의양양해 크게 외쳤다.

"나 역시 이미 보고 있었다. 어서 전군에 명해라. 봉시진(鋒矢陣)을 펼쳐 기병은 중앙 돌진에 집중하고, 보병은 양익으로 나누어 진군하라. 단번에 급습해 도응을 사로잡을 것이다!"

우자는 착융의 명에 따라 즉각 군대를 재배치했다. 3천 기병은 중군에 위치해 돌파를 책임지고, 7천 보병은 3개 대대로 나누었다. 그중 두 부대는 양익에 자리해 사선으로 진을 펼쳐 기병과 함께 거대하고 날카로운 화살촉 모양을 이루었다. 나머지 3천 보병은 화살촉 뒤에서 양초와 치중을 책임졌다. 착융 부대에서는 천둥이 치듯 나팔 소리와 북소리가 크게 메아리쳤다.

착융 부대가 일사불란하게 움직였지만 군자군은 미동도 하지 않은 채 이 광경을 지켜보고만 있었다. 이에 임청이 입을 삐쭉이며 대책을 좀 세워보라고 다그쳤다.

"닥쳐라!"

도옹의 반응에 임청은 깜짝 놀랐다. 평소 임청 앞에서 항상 웃음을 띠던 얼굴은 온데간데없이 사라지고 엄숙하고 위엄 있는 목소리로 임청을 꾸짖었다.

"지금은 양군이 교전 중이다. 한마디만 더 쓸데없는 말로 내 지휘를 방해한다면 즉각 군법에 처하겠다!"

도옹이 이리 말하는 것을 처음 본 임청은 놀란 마음에 어찌해야 좋을지 몰랐다. 항상 농을 하며 샌님처럼 보였던 도옹이 적을 앞에 두고 이런 당당한 모습을 드러내자 임청은 오히려 흐뭇한 마음이 들었다. 이해할 수 없는 감정에 화들짝 놀라, 눈을 새치름하게 치켜떴다.

잠시 후 진용을 정비한 착융 부대가 군자군을 향해 서서히 다가왔다. 거리가 점점 가까워지자 양 진영에서는 약속이나 한 듯 궁수가 하나씩 튀어나왔다. 이들은 그 자리에서 활을 잔뜩 매겨 시위를 당겼다. 화살촉이 떨어진 자리가 바로 양군의 최전방이 된다.

양군이 드디어 자리를 잡고 마주하자 주장인 도응과 착융은 말을 몰아 진영 앞으로 나왔다. 나이 마흔쯤으로 보이는 착융은 기골이 장대하고 몸이 우락부락했다. 그는 채찍을 들고 도응을 가리키며 크게 소리쳤다.

"도응 어린놈아, 빨리 말에서 내려 항복하라! 투항한다면 네 아비의 얼굴을 봐 목숨만은 살려주겠다! 그렇지 않으면 광릉의 수만 대군이 네 몸을 갈기갈기 찢어버릴 것이다!"

이에 도응도 지지 않고 착융을 가리키며 큰소리로 꾸짖었다.

"천하에 배은망덕하고 염치를 모르는 도적놈아! 내 부친께서 네놈에게 중임을 맡겼는데 이에 보답하기는커녕 군민을 몰아 남쪽으로 도망간 놈이 누구더냐! 게다가 광릉태수 조욱을 죽이고, 백성을 협박해 불인을 저질렀으니 그 죄악이 하늘을 찌르고도 남는다! 오늘 본 공자가 도적놈을 소탕하러 친히 의군을 이끌고 출전했으니 오늘이 바로 네 제삿날이다!"

이 말에 착융은 발연대로하여 뒤를 돌아보고 외쳤다.

"누가 도응을 사로잡아오겠느냐?"

이때 착융 휘하의 수석 대장 우자가 창을 비켜들고 앞으로 나섰다.

"말장이 나가 도응을 산 채로 잡아오겠습니다!"

도응도 뒤를 돌아보며 소리쳤다.

"누가 내 대신 착융 놈을 잡아오겠느냐?"

"소장이 나가……."

전장에서 큰 공을 세우고 싶었던 서성이 소리치며 앞으로 나가려는데, 곁에 있던 도기가 이를 만류하며 웃으며 말했다.

"너무 서둘지 말게. 닭 잡는 데 소 잡는 칼을 쓰면 되나? 조금 있으면 재밌는 구경거리가 펼쳐질 걸세."

이 말에 서성이 어리둥절해하고 있을 때, 손에 큰 칼을 쥔 군자군 십장 하나가 앞으로 나왔다.

"제가 나가 꾀어 오겠습니다."

도응이 고개를 끄덕이자 십장은 그대로 우자를 향해 돌진했다. 우자도 창을 꼬나들고 대갈일성을 지르며 힘차게 말을 달려 나왔다. 양 마가 달려들며 둘 사이의 거리가 채 30보도 남지 않았을 때, 십장이 돌연 말고삐를 잡아당기며 우자를 향해 큰 칼을 던지더니 말 머리를 돌려 본진으로 달아났다.

우자는 십장이 던진 칼을 가볍게 피하고는 맹렬한 기세로 십장을 쫓아갔다. 이때 이미 중기병 대오로 돌아온 도응이 삼각 영기(令旗)를 휘두르자 삼열에 포진해 있던 160명의 군자군 경기병이 중기병 사이의 너른 공간을 지나 앞으로 튀어나왔다. 이들이 자리를 잡고 일제히 우자를 향해 활을 쏘아대자 우자는 혼비백산이 돼 급히 창으로 화살을 막았다. 하지만 160명이 쏘는 화살을 창 하나로 어찌 막을쏘냐. 가련한 우자와 그의 말은 순식간에 고슴도치가 돼 피를 토하며 땅에 쓰러졌다.

"우자—!"

착융은 믿어지지 않는다는 표정을 지으며 길게 울부짖었다.

이와 동시에 4, 5열의 군자군 경기병도 중기병 사이의 너른 공간을 뚫고 앞으로 나왔다. 이들은 가지런한 대오를 유지한 채, 전마 위에서 착융 진영을 향해 비 오듯 화살을 쏘아댔다. 군자군이 이번에 쏜 살촉은 가늘고 가벼워 사정거리가 매우 멀었다. 천지를 뒤덮을 듯이 쏟아지는 화살에 착융 진영에서는 연달아 처절한 비명이 터져 나오며 대오가 흐트러지기 시작했다.

"화살을 쏴라! 얼른, 얼른 화살을 쏴라!"

착융은 화가 머리끝까지 치밀어 올라 미친 듯이 소리를 질렀다. 그러나 군자군의 화살 쏘는 속도가 너무도 빨라 갈팡질팡하던 착융 기병이 채 화살을 메기기도 전에 화살 세례가 날아왔다. 다시 한 번 여기저기서 비명 소리가 터져 나왔다. 그런데 착융군이 가까스로 화살을 날렸을 때 착융은 또 한 번 울화가 치밀었다. 착융군이 쏜 화살은 사정거리가 길지 않아

살촉이 대부분 군자군 경기병 이삼십 보 앞에 떨어져 군자군에게 아무런 위협도 되지 않았다.

화살의 사정거리가 군자군만 못한 상황에서 잇달아 십여 차례 화살비를 맞자, 착융은 더 이상 참지 못하고 전 부대를 향해 큰소리로 명령했다.

"기병은 그대로 앞으로 돌진해 도응군과 접근전을 펼쳐라! 도응을 사로잡는 자에게 상금 천 냥을 내리겠다!"

둥둥둥 전고가 울렸다. 수적으로 절대적 우위를 점한 착융 기병이 칼과 창을 휘두르며 곧장 말을 짓쳐 기세등등하게 군자군을 향해 돌격했다.

그런데 이때 도응이 영기를 휘두르자 징 소리가 크게 울렸다. 그러자 앞 세 줄의 경기병은 물론 뒤의 중기병까지 말 머리를 돌려 재빨리 달아났다. 도응은 넋을 놓고 있던 임청의 말 고삐를 당기며 역시나 말 머리를 돌렸다.

하지만 이들은 그냥 달아나는 것이 아니었다. 앞뒤로 솟은 안장과 등자에 의지해 고개를 돌려 화살을 날렸다.

맹렬히 달려오던 착융의 기병은 끊임없이 날아오는 군자군의 화살에 말에서 떨어지는 자가 부지기수였다.

화살을 피해 황급히 활을 잡아보지만 앞뒤로 솟은 안장도 등자도 없는 상황에서 중심을 잡기조차 쉽지 않았다. 중심을 잡고 화살을 쏘자니 이번에는 말을 달리는 속도가 너무 느려졌다. 이러지도 저러지도 못하는 상황에서 착융 기병과 군자군 사이의 거리는 좁혀지기는커녕 더욱 멀어졌다.

아끼는 장수를 잃고 귀중한 기병이 하나하나씩 군자군의 화살에 쓰러져 가는데 군자군을 털끝 하나 건드리지 못하자, 착융은 그야말로 미쳐 돌아버리기 일보 직전이었다. 이에 착융은 더 이상 참지 못하고 큰소리로 명했다.

"북을 울리고 전군은 총공격을 감행하라! 오늘 도응 놈의 머리를 베지 못하고, 저놈들을 모조리 쳐 죽이지 못하면 맹세코 군사를 물리지 않겠다!"

북소리가 진동하자 양익에 있던 보병까지 군자군 추격에 가세했다. 착융은 친히 기병을 지휘하며 병력의 절대적 우세를 이용해 도응군을 갈기갈기 찢어버리겠다고 맹세했다.

한편 군자군 진영의 임청은 생전 처음 보는 이런 전술을 접하고 혀를 내둘렀다. 군자군을 모집할 때도, 또 군자군을 훈련시킬 때도 그저 성주의 아들이 전쟁놀이나 즐기는 줄로만 알았다. 그런데 막상 전투에 나선 군자군은 어디에 내놔도 손색이 없을 만큼 정연한 기율과 막강한 전투력을 자랑하고 있었다. 지금까지 그저 샌님이라고만 여겼던 도응이 길러낸 군대가 맞단 말인가? 임청은 또 한 번 놀란 눈으로 도응을 바라봤다.

그러자 도응이 여유로운 웃음을 띠고 말했다.

"이 정도로 뭘 놀라시나? 잠시 후 더 재밌는 일이 벌어질 테니 조금만 참으시오. 참, 우리가 지금 어디로 달리는지 아시오?"

이 말에 임청이 정신을 차리고 보니 군자군은 관도를 벗어나 서북 방향으로 달리고 있는 것이 아닌가.

"우리 보병은 정북 방향에 있으니 관도를 따라 북쪽으로 달아나야 하는데, 어째서 서북쪽으로 가는 것이오? 광릉 서북쪽에는 성도 없고, 우리 군사도 없지 않소?"

그러자 도응이 애매한 웃음을 띠고 답했다.

"착융은 교활한 자라 우리가 정북 방향으로 후퇴하면 장광이 혹시 매복하고 있을까 우려해 전력으로 우리를 쫓지 않을 것이란 말이지."

임청은 급히 고개를 돌려 놀란 얼굴로 물었다.

"그럼 일부러 방향을 바꾼 것이란 말이오?"

"그렇소. 그쪽 방향은 그저 노지(露地)라 성도 없고, 원군이 접응할 수도 없으며, 매복은 더더욱 불가능하오. 이에 지금 격분할 대로 격분한 착융은 분명 끝까지 우릴 추격할 것이오."

도응은 이렇게 말하며 미소 지었다.

도응의 예상은 그대로 적중했다. 간사하고 교활한 착융은 도응군이 서북쪽으로 철수하는 것을 보고 보병의 추격을 따돌리기 위해 관도를 벗어난 것으로 보았다. 원군도 없는 사지에 제 발로 들어간다고 비웃으며 추격에 박차를 가했다. 하지만 애초에 전력으로 달려온 착융군과 쉬엄쉬엄 걸어온 군자군은 체력적으로 비교가 되지 않았다.

10여 리 정도를 후퇴한 후부터 군자군은 지구력 면에서 월등한 우위를 점했지만 도기의 지휘 아래 일부러 천천히 활을 쏘며 퇴각했다. 척 보기에도 비루해 보이는 군자군의 말이 지친 것으로 판단한 착융군은 옳다구나 하며 여세를 몰아 추격의 고삐를 늦추지 않았다.

겨우 8백여 기밖에 안 되는 군자군은 질서정연한 대오를 유지한 채 광활한 대지를 여유 있게 질주했다. 그리고 그 뒤로는 군자군의 열 배가 넘는 착융의 보기가 뿔 모양의 대형을 이루고 크게 소리를 지르며 추격하고 있었다. 이들의 함성 소리와 말발굽 소리는 광릉 대지를 크게 뒤흔들었다.

하지만 잠시도 쉬지 않고 군자군을 30여 리나 추격해 가던 착융은 점차 심상치 않은 기분을 느끼기 시작했다. 그 이유는 기병과 보병의 대오가 점차 벌어지고 있었기 때문이다. 전마를 탄 기병은 군자군 후미까지 이를 악물고 따라가는데, 보병은 이미 기병과 10리 이상 뒤처져 있었다. 이를 본 착융은 군자군을 계속 추격해야 할지 방설이기 시작했다.

재삼 주저하던 착융은 아무래도 꺼림칙해 마침내 추격 중지 명령을 내리고 기병을 모아 부대를 정비하고자 했다. 그런데 바로 이때 착융의 눈이 뒤집힐 사건이 발생했다. 방금 전까지만 해도 죽어라 도망치던 군자군이 착융군이 추격을 멈춘 것을 보고 갑자기 말 머리를 돌려 도리어 착융군 기병을 향해 돌진하는 것이 아닌가. 여기에 하늘을 뒤덮을 듯한 화살비가 쏟아지자 착융 기병은 괴성을 지르며 그 자리에서 하나씩 쓰러졌다. 이 광경을 본 착융은 저도 모르게 분기탱천해 다시 칼을 잡고 돌격 명령을 내렸다.

착융군이 다시 추격해 오자 군자군도 다시 말 머리를 돌려 달아나기 시작했다. 역시나 달아나면서 한편으로 화살을 쏴대자 여기저기서 비명 소리가 끊이지 않았다. 착융은 속에서 열불이 나 미칠 것 같았다.

이때 임청과 나란히 달아나던 도응이 웃음을 띠고 임청에게 말했다.

"다음에 착융이 추격을 멈추면 그에게 멋진 선물을 선사할 테니 잠시만 기다리시오."

도응군의 화살에 기병이 픽픽 쓰러져 나갔지만 그래도 빗나가는 화살이 더 많았다. 이성을 잃은 착융은 이를 자기 유리할 대로 해석했다. 그래, 네놈에게 화살이 얼마나 남았는지 두고 보자. 화살이 다 떨어지고 병사와 전마의 체력이 고갈되면 네놈들의 살가죽을 하나씩 벗겨 버리고 말 테다!

착융이 이런 생각을 하며 말을 짓쳐 달리고 있을 때쯤 그를 따르던 장수 하나가 큰소리로 외쳤다.

"장군, 앞을 보십시오! 도응 놈 부대가 사방으로 흩어집니다!"

착융군이 다시 10여 리를 추격하자, 시종 완벽한 대형을 유지하며 후퇴하던 군자군이 갑자기 사방으로 흩어지기 시작했다. 사실 도망간 건 도기가 거느린 경기병 3개 부대였다. 그들이 도응이 이끄는 중기병 2개 부대를 내버려 둔 채 좌우로 뿔뿔이 달아나자 착융군 앞에는 중기병만이 남았다.

경기병의 화살에 속수무책이던 착융군은 그들이 달아나는 것을 보고 환호성을 질렀다. 착융은 더욱 신이 나 전속력으로 중기병을 추격해 도응의 목을 베라고 명했다. 하지만 먼지를 자욱하게 일으키며 달려가는 착융은 중요한 사실을 잊고 있었다. 60여 리를 추격해 오면서 3천이 넘는 기병 중 군자군의 화살에 맞아 낙오한 자가 절반이었고, 나머지 절반도 온전한 상태가 아니었다. 한시도 쉬지 않고 미친 듯이 몰아친 바람에 군사와 말이 모두 지쳐 녹초가 돼버린 것이다.

한편 도응과 나란히 달리던 임청도 이 광경을 보고 다급한 마음에 도응에게 고개를 돌려 물었다.

"도기가 어째서 달아나는 것이오?"

"화살이 거의 바닥나 어쩔 수 없었을 것이오. 경기병은 군사 하나당 화살통 3개에 총 90개 화살을 가지고 출진했소. 지금 60여 리를 달아나면서 이를 모두 쓴 것이 분명하오."

물론 도응의 이 말은 사실이 아니다. 군자군의 전술을 지탱해 주는 것이 화살인데, 전투가 완전히 끝나기도 전에 귀중한 화살을 다 썼을 리 만무했다. 군자군 경기병에게는 적어도 화살통 하나, 즉 화살 30발은 남아 있었다.

그런데 이 말에 임청의 얼굴이 울상이 되자 도응이 결연한 표정을 지으며 말했다.

"이제 방법이 없으니 착융 놈과 목숨을 걸고 싸우는 수밖에."

그러더니 허리춤에서 각궁(角弓)을 빼들고 다시 품속에서 깍지를 꺼내 오른손 엄지손가락에 낀 다음 화살통에서 원거리용 우전을 뽑아들었다. 그는 심각한 표정으로 임청으로 말했다.

"임 낭자, 도기가 날 버리고 달아나는 통에 상황이 안 좋아졌소. 그대는 얼른 달아나시오. 대완마는 주력이 좋아 능히 사지를 빠져나갈 수 있을 것이오. 난 신경 쓰지 마시오."

이 말에 임청은 눈물을 머금고 울먹이며 소리쳤다.

"아니, 남정에 데려가 달라고 숙부를 얼마나 조른지 아세요? 겨우 허락을 받아 이곳에 왔는데 그대만 놔두고 홀로 도망가진 않겠어요. 죽어도 같이 죽고 달아나도 같이 달아날 거예요!"

임청이 뜻밖에 눈물방울을 보이자 도응도 약간 놀란 눈치였다. 잠시 후 도웅이 웃으면서 말했다.

"죽음이 코앞에 이르러 절세가인과 함께 세상을 마칠 수 있게 됐으니 죽어도 무슨 원한이 있겠소?"

그러고는 다시 정색한 얼굴을 하고 갑자기 몸을 돌려 활에 화살을 메기고는 큰소리로 말했다.

"임 낭자, 걱정 마시오! 내 홍안지기(紅顔知己)를 두고 어찌 쉽게 죽을 수 있겠소! 더욱이 그대는 반드시 내가 지키리다!"

대갈일성 속에 도웅의 손을 떠난 우전은 화살이 난무하는 공중에서 아름다운 호형을 그리며 낙하했다. 그 살촉은 착융군 도백(都伯:부관의 벼슬)의 면문(面門) 중앙에 그대로 적중해 핏방울을 사방으로 튕겼다. 살을 맞은 도백은 전마에서 그대로 굴러 떨어지며 절명했다.

착융 기병은 무수한 병력을 잃었으면서도 군자군 경기병을 물리쳤다는 생각에 크게 흥분했다. 이에 '와와' 함성을 내지르며 상대적으로 속도가 느린 군자군 중기병들을 향해 달려들었다. 전쟁 내내 아무런 활약도 없었던 중기병이 드디어 위력을 발휘할 차례가 도래했다.

중기병 역시 경기병과 마찬가지로 계속 달아나면서도 뒤를 향해 연신 화살을 쏘아댔다. 수백 대가 넘는 화살이 다시 한 번 착융군 기병을 향해 쏟아졌다.

가릴 것 하나 없는 노지라 숨을 수도 없었고, 마상시(馬上矢)를 구사할 수도 없어 반격은 꿈도 꾸지 못했다. 움직이는 과녁처럼 날아오는 화살에 속수무책으로 당할 수밖에 없었다.

착융군은 외마디 비명을 지르며 잇달아 말에서 떨어졌다.

잇달아 쓰러지는 병사들을 보며 화가 머리끝까지 치민 착융은 칼을 휘두르며 미친 듯이 추격을 재촉할 뿐이었다.

"도웅을 사로잡는 자에게는 상금 천 냥을 내리겠다! 적을 죽이는 자도 상금이 열 냥이다!"

그로부터 다시 5리를 더 추격해 간 후에야 상황이 심상치 않게 돌아감을 느낀 장수 하나가 착융 곁으로 다가가 크게 소리쳤다.

"장군, 장군! 더 이상 추격은 불가능합니다. 군사 태반이 쓰러지고 대형이 무너진 지 오래라, 더 이상 추격하다간 군사가 남아나질 않습니다!"

이 말에 착융이 놀라 사방을 둘러보니 먼지가 자욱한 전장에 자신의 군사가 얼마 보이지 않았다. 또 기병이 적에 화살에 잇달아 쓰러지는 통에 동남쪽으로는 자신의 기병과 말의 시체로 기다란 선이 그어져 있었다.

게다가 보병의 모습은 어디 있는지 눈에 보이지도 않았다. 주변에 남은 기병이 채 천 명도 되지 않는 것을 확인한 후에야 착융은 긴장을 하기 시작했다.

병력의 절대적 우세는 길고 격렬한 추격전 중에 이미 사라진 지 오래였다.

그제야 도웅의 잔꾀에 걸린 것이 아닌가 하는 의심이 들었다.

착융은 마침내 이성을 되찾았다. 처음 보는 괴이한 전술이지만 이제라도 돌아서면 별 탈은 없을 것이라 생각하며 소리쳤다.

"더는 추격하지 마라! 추격을 멈추고 군대로 거둬라! 빨리, 빨리 징을 쳐라!"

착융의 친병이 동라(銅鑼)를 울리자 추격에 지친 기병들은 대사면을 받은 듯 일제히 말 머리를 뒤로 돌렸다.

이미 도웅과 생사를 같이하리라 마음먹은 임청은 징 소리가 들리자 급히 눈물을 닦으며 뒤를 돌아보았다. 그런데 착융의 군대가 달아나는 것을 보고 놀란 표정을 지었다.

도웅도 활을 내려놓고 적의 동태를 살피더니 웃음을 지으며 중얼거렸다.

"착융이 그리 바보는 아니군. 십 리만 더 추격했다면 살아 돌아갈 길이 전혀 없었을 텐데. 하지만 상관없다고. 이제 군자군의 접근전을 보여줄 차례니까."

이어 도웅이 고갯짓을 하자 친병이 즉각 삼각 영기를 휘둘렀다. 이에 바삐 달아나던 중기병이 전마를 멈추고 신속히 대열을 정비했다.

물을 마시고 무기를 정리한 군자군은 다시 이열 횡대로 줄을 맞췄다.

전열을 재정비한 군자군은 착융군을 향해 돌진하며 연신 화살을 쏘아댔다. 3백 군자군으로 반격을 가하리라고는 꿈에도 생각 못 했던 착융군은 날아오는 화살에 진용이 크게 어지러워졌다.

상황이 이리되자 장수들마다 내리는 명이 제각각이었다. 일부는 말 머리를 돌려 적을 맞이하고, 일부는 말을 달려 그대로 달아났다. 하지만 대부분의 군사는 그 자리에서 어쩔 줄 몰라 했다. 이때 착융이 급히 칼을 휘두르며 외쳤다.

"철수하라! 당장 철수하라! 더 이상 도웅 놈을 쫓지 마라!"

군자군의 함성 소리가 가까워지자 이미 사기의 태반이 꺾인 착융군 기병은 앞다퉈 달아나기 시작했다. 서로 먼저 달아나기 위해 밀고 밀치는 통에 말들끼리 충돌하여 넘어지기 일쑤였다. 이를 피하지 못하고 뒤를 따르던 기마들도 연달아 나뒹굴었다. 군자군은 이들을 바짝 추격하여 착융군의 꼬리를 바짝 잡고 끊임없이 화살을 날렸다.

이때가 되자 도웅이 바라던 순간이 도래했다. 70여 리를 내쳐 달렸던 착융군의 전마가 입에서 거품을 토하기 시작한 것이다.

한계 상황에 이르자 착융군의 대완마는 달리는 속도가 현저히 느려졌다. 반면 군자군의 흉노마는 믿기지 않는 체력을 자랑하며 시종 똑같은 속도를 유지했다. 군자군은 화살을 쏘며 적을 추격하는 동시에 칼과 도끼를 손에 쥐고 말에서 떨어진 착융 기병을 베어 죽였다. 드디어 군자군과 착융군의 전세는 완전히 역전이 되었다.

이 모습을 본 임청이 입을 쩍 벌렸다.

"이… 이게 어떻게 된 일이지? 어떻게 상황이 이렇게?"

영문도 모르는 사이에 전세가 역전되자 임청은 어리둥절해 말도 제대로 나오지 않았다.

임청은 비록 전쟁에 나간 적은 없지만 어려서부터 듣고 본 바가 있어 전쟁에 대한 이해도가 낮지 않았다. 군대가 일단 패주하면 한순간에 전세가 기울어, 매복이나 원군의 지원이 있는 경우를 제외하고는 전세를 역전시키기가 하늘에 오르는 것만큼 어려웠다.

그런데 군자군은 70여 리를 패퇴하고, 게다가 원군도 복병도 없었는데 어떻게 우위를 점한 것이란 말인가? 이런 괴이한 일을 임청은 지금까지 들은 적도, 본 적도 없었다.

임청이 의문을 가지고 도응을 바라보고 있을 때, 도응은 곁에 있는 친병에게 명했다.

"때가 됐구나. 신호를 보내라. 그물을 걷어 이제 착융의 목을 벨 때가 왔다!"

"존명!"

친병이 공수하고 응답한 후 품에서 기름종이로 싼 죽관(竹管)을 꺼냈다. 기름종이를 찢고 불을 붙이자 죽관 끄트머리에서 불빛이 나가더니 허공에서 쾅 하고 터지며 거대한 꽃송이가 퍼져 나갔다. 이 시대에 화약이 발명되긴 했으나 거의 사용하는 일이 없어 이를 처음 본 임청은 눈이 휘둥그레졌다.

"그것이 무엇이길래 이리도 아름다운 것이오?"

"불꽃이오. 관심 있다면 싸움이 끝난 후 몇 개 선물하리다."

"그런데 전투 중에 왜 불꽃을 터뜨리는 거요?"

"복병에게 출격하라는 신호를 보낸 것이오."

임청이 깜짝 놀라며 물었다.

"엥? 복병이라고? 우리에게 복병이 어디 있소?"

"없긴 왜 없소? 저기를 잘 보시오."

도응은 먼 곳을 가리키고 웃으며 대답했다.

임청이 놀라 고개를 들어 보니 정말로 복병이 있는 것이 아닌가. 착융의 패잔병 좌우 양쪽 토산과 숲 속에서 군자군 깃발을 내건 기병이 쏟아져 나오더니 착융군을 둥글게 포위했다.

군자군 일단은 아예 전방 근처에 있다가 착융군이 오는 것을 보고 정면으로 막아섰다. 복병을 본 착융군은 마치 신병을 대한 것처럼 손발을 어디에 둘지 몰라 하며 머리를 감싸고 사방으로 달아나기 시작했다.

이를 자세히 보던 임청은 또다시 깜짝 놀라며 물었다.

"앗, 아까 도망친 도기의 기병이 언제 착융군을 포위한 것이오?"

놀란 건 임청뿐만이 아니었다. 착융도 이 사실이 믿기지 않아 큰소리로 울부짖었다.

"궤멸된 도응의 기병이 언제 이곳에 나타났단 말이냐? 어찌 이런 일이 가능하단 말이냐? 1만 대군을 이끌고 고작 8백 기병에게 포위를 당할 수 있단 말이냐?"

도응은 칼을 뽑아들고 군자군을 향해 외쳤다.

"전원 돌격해 착융의 목을 베라!"

고함 소리가 일제히 울리며 3백여 중기병은 미친 듯이 말을 재촉했다. 칼과 도끼를 휘두르며 아수라장으로 변한 착융 진영을 향해 전속력으로 달려 나갔다.

도기가 거느린 군자군 3개 경기병도 사면팔방에서 착융의 장군기가 있는 곳을 에워쌌다. 이들 역시 칼과 도끼를 휘두르며 눈을 부릅뜨고 이미 전의를 상실한 착융군을 시살(厮殺)해 나갔다.

혼비백산이 된 착융군 장수와 군사들은 길을 찾아 도망가

기 바빴다. 착융은 여전히 자신의 패배를 믿을 수 없다는 듯
입으로 연신 중얼거렸다.

"어찌 이런 일이… 가능하단 말이냐……! 어찌 이런 일
이……"

군자군에게 포위된 착융군 병사들은 전의를 상실하여 잇달
아 무기를 버리고 땅에 엎드려 투항했다. 군자군은 포위망을
점점 좁히며 착융의 수자기를 향해 다가갔다.

"빨리 포위망을 뚫어라! 빨리! 빨리!"

다급해진 착융은 어찌할 바를 몰라 병사들에게 돌격을 외
칠 뿐이었다. 하지만 전세가 이미 기운 것을 본 착융의 친병들
은 착융을 버리고 앞다퉈 군자군 말 앞에 넙죽 엎드렸다.

중기병과 함께 돌진하던 도응의 눈에 마침내 안절부절못하
는 착융의 모습이 들어왔다. 이를 본 도응이 말을 몰아 다가
오자 착융은 혼비백산하며 좌우의 친병에게 나가서 얼른 적을
막으라고 명했다.

하지만 착융 곁에 있던 스무 명 남짓한 친병도 서로 얼굴만
바라보다가 약속이나 한 듯 재빨리 착융의 깃발을 버리고 사
방으로 흩어져 달아났다.

도응은 이 틈을 타 착융의 부장을 단칼에 베고 착융을 향
해 달려들었다. 도응은 등자에 두 발을 지탱한 채 말 위에 서
서 착융을 향해 칼을 휘둘렀다.

"반적 놈은 내 칼을 받아라!"

—캉!

착융은 민첩하게 도응의 칼을 받아냈다. 사실 도응의 무예에는 고강하지 않아 정식으로 착융과 일대일로 붙었다면 승리를 장담하기 어려웠다. 하지만 지금은 상황이 달랐다. 도응이 승세를 탄 데다 등자에 의지해 힘을 최대한도로 발휘한 반면, 착융은 입에 거품을 문 말을 타고 힘겹게 도응의 공격을 받아내고 있었다.

두 칼이 부딪친 지 몇 합 되지 않아 착융의 말이 다리가 풀리며 휘청거렸다. 중심을 잃은 착융은 그대로 말에서 고꾸라지고 말았다. 뒤에서 도응을 지키던 친병들은 환호성을 지르며 앞으로 후다닥 달려가 착융을 동아줄로 꽁꽁 포박했다. 이로써 서주의 골칫거리였던 반적을 마침내 사로잡게 되었다.

"공자! 목숨만 살려주십시오!"

도살장에 끌려가는 돼지 신세가 된 착융은 연신 머리를 조아리며 빌었다.

"소인의 죄는 죽어 마땅합니다! 하지만 한 번만 아량을 베푸시어 목숨만 살려주십시오! 공자, 기억나지 않으십니까? 3년 전 서주에서 소인이 공자를 크게 대접하지 않았습니까?"

"홍!"

물론 원래 도응의 기억에는 있었다. 하지만 자신이 대접받은 건 아니었다.

도웅은 비굴하게 구걸하는 착융을 향해 콧방귀를 뀌었다. 도웅은 말에서 내려 칼을 고쳐 잡고 친병에게 눈짓을 보냈다. 이에 친병들은 착융을 끌고 와 도웅 앞에 무릎을 꿇렀다.

"공자! 이번 한 번만 목숨을 살려주시오! 살려만 주신다면 공자의 개가 되겠소이다!"

착융은 눈물까지 흘리며 도웅에게 목숨을 구걸했다. 이 광경을 본 도웅의 군사들은 착융에게 침을 뱉었고, 포로로 잡힌 착융의 군사들마저 이처럼 비굴한 착융을 외면해 버렸다.

도웅은 착융의 졸렬한 모습에 어이가 없다는 듯 고개를 내 젓더니 착융을 가리키며 큰소리로 꾸짖었다.

"이 역적 놈아! 내 부친께서 너에게 태산 같은 은혜를 베푸셨는데 이에 보답하기는커녕 어찌하여 서주의 관원을 죽이고 백성을 핍박했느냐! 오늘 네놈을 죽이지 않으면 무슨 면목으로 서주 만백성을 대하겠느냐!"

"공자, 이 착융의 죄 백번 죽어 마땅하옵니다만……."

"불조(佛祖)께서 죄악으로 물든 네 영혼을 용서할 것이다!"

도웅이 착융만 알아들을 일성을 대갈하고 칼을 휘두르자 피가 사방으로 흩뿌리며 착융의 목이 땅에 떨어졌다. 이어 하늘을 진동하는 고함 소리가 인마가 법석거리는 전장에 메아리쳐 울렸다.

착융이 죽자 끝까지 버티던 병사들도 잇달아 말에서 내려 투항했다.

도응의 병사들은 기쁨에 겨워 포로들을 점검하고 상당수의 전마를 수습했다. 군자군이 전장을 정리하고 나머지 적을 추살하려 할 때, 열외 인원인 서성과 임청은 아직까지도 오늘의 승리가 믿어지지 않는다는 표정을 지었다.

겨우 8백여 군자군으로 어떻게 1만이 넘는 착융 반군을 무찌르고, 게다가 반군 두목인 착융의 목을 벴단 말인가?

넋이 나가 있는 임청을 보며 흐뭇한 미소를 짓던 도응은 갑자기 장광이 떠올랐다.

"아차! 내 깜빡하고 있었구나! 빨리 장광에게 승전 소식을 알리고 급히 남하해 단숨에 광릉성을 몰아치라고 했어야 하는데. 여봐라!"

"그럴 필요 없소!"

곁에서 이 말을 들은 임청이 도응에게 다가가 말했다.

"전령을 보내지 않아도 되오. 장 숙부는 지금 평안에 없소. 군자군이 고우를 넘으면 즉시 남하해 그대와 접응하겠다고 이미 내게 언질을 주었소. 노정을 따져 보면 늦어도 오늘밤 안에 장 숙부가 광릉을 접수했다는 소식이 들려올 것이오."

이 말에 도응이 발을 동동 구르며 크게 화를 냈다.

"장광이 감히 명을 어기다니! 그것이 얼마나 위험한 작전인

지 아시오? 내가 지금 착융의 목을 베었기에 망정이지, 착융이
만약 이곳을 빠져나갔다면 장광의 2천 보병은 반군 기병과 맞
닥뜨릴 수도 있었단 말이오! 그러다가 싸우지도, 달아나지도
못하는 진퇴양난에 빠졌으면 어찌할 뻔했소!"

임청은 입이 뿌루퉁해져서 말했다.

"숙부는 다 그댈 위해서 한 일 아니오? 군자군이 혹여 위험
에 처할까 염려해 목숨을 걸었는데 꼭 그리 말해야겠소? 8백
군자군의 위력이 이 정도일지 누가 상상이나 했겠소?"

'좋은 마음에서 나온 행동이라곤 하나 나중에 만나면 단
단히 일러두어야겠어. 그렇지 않으면 누가 내 명령에 따르겠냐
고.'

도융은 그런 임청을 바라보며 중얼거렸다.

*   *   *

임청이 말한 바대로 장광이 거느린 보병은 평안성에 머물지
않았다. 장광은 도융의 지시에 따르지 않고 탐마를 보내 군자
군의 행적을 탐문하다가 군자군이 고우를 떠났다는 소식을 듣
자마자 즉시 보병을 이끌고 대거 남하했다.

그는 군자군과 접응하기 위해 전속력으로 광릉을 향해 내
달렸다.

그런데 장광이 군령을 어긴 것이 오히려 전화위복으로 작용했다. 착융의 목이 달아난 후 패주하던 착융 기병이 이 소식을 뒤따라오던 보병에게 전하자, 출신이 뒤죽박죽인 착융군은 나무가 쓰러지면 원숭이가 흩어지는 격으로 뿔뿔이 흩어져 버렸다.

원래 착융을 따르던 장병들은 광릉성으로 돌아가 짐을 싸 달아나려 했고, 착융이 근래 모집한 신병들은 어찌할 바를 몰라 뿔뿔이 도망쳤으며, 원 광릉태수 조욱의 부하들은 서주군에게 투항했다. 결국 장광이 광릉성에 도착하자마자 여기저기서 항복의 깃발이 올라가며 수천 명이 항복해 왔다.

전장에서 수십 년을 보낸 장광이지만 수가 훨씬 많은 적이 싸우지도 않고 자멸하는 장면을 본 기억은 없었다. 게다가 고작 8백 군자군으로 만을 헤아리는 착융군을 물리쳤다는 사실이 전혀 믿기지 않았다.

이에 투항한 반군 아문장(牙門將)을 불러 전장에서 도대체 무슨 일이 벌어졌는지 물었다.

아문장의 이야기를 다 들은 장광은 눈이 휘둥그레져 믿기지 않는다는 얼굴을 하고 물었다.

"이공자가 착융의 목을 벴다고? 확실한 것이야? 틀림없는 사실이냐는 말이다!"

장광이 추궁하자 아문장은 사실대로 얘기했다.

"죄장도 이를 다른 병사에게 들은지라 확실하지는 않습니다. 사실 아직도 어리둥절하긴 합니다. 전투가 시작되자마자 공자가 달아나고 착융이 계속 공자를 추격했습니다. 기병의 속도가 너무 빨라 죄장이 거느린 보병은 도무지 따라갈 방법이 없었습니다. 이에 죄장과 보병 대오가 그 자리에서 기다리고 있었는데, 착융이 몇 차례 전령을 보내 추격을 명했습니다. 공자의 군대가 궤멸돼 머지않아 공자의 목을 벨 수 있다고 하면서 말입죠. 그래서 7, 8리쯤 따라가고 있었는데, 병사 하나가 전방에서 도망쳐 오더니 착융이 공자에게 목이 달아났다고 말하는 것 아니겠습니까? 이 말에 죄장 등은 어찌할 바를 몰라 하다가 장군에게 투항한 것입니다."

　"계속 패주하다가 갑자기 착융의 목을 벴다고? 이것이 가능하단 말이냐?"

　장광은 그의 말을 들을수록 머릿속이 혼란해졌다. 아니, 원병과 매복의 접응 없이 군자군 홀로 전세를 역전시키는 것이 말이 된단 말인가? 숱한 전투를 치렀지만 이런 경우는 들은 적도, 본 적도 없었다.

　'그래, 공자가 오는 대로 자초지종을 물어보리라.'

　하룻밤이 금세 지나가고 날이 밝자 장광은 승리의 수확을 점검하기 시작했다.

포로로 잡은 병사가 3천을 넘었고, 착용과 함께 악행을 일삼은 반군 백 명의 목을 베었다. 게다가 노획한 무기와 깃발, 치중은 그 수를 헤아릴 수 없을 만큼 많았다.

노획물을 정리하고 있을 때쯤, 군자군의 깃발이 장광의 시야에 들어왔다.

군자군의 모습이 점점 가까워지자 장광은 휘하 장수들을 이끌고 도응을 맞이하러 나갔다. 도응과 도기가 말을 채찍질해 달려오자 장광은 장수들과 함께 예를 갖추고 말했다.

"말장 장광 이하, 공자의 개선을 경축드립니다."

그런데 줄곧 예의 발랐던 도응이 답례도 하지 않고 말 위에서 장광에게 소리치는 것이 아닌가.

"장광 장군, 그대의 죄를 아시오?"

장광은 의아한 표정을 지며 고개를 들고 물었다.

"말장이 무슨 죄를 지었단 말입니까?"

도응은 얼굴에 노기가 드러내며 소리쳤다.

"내 군령이 무엇이었소? 병사를 거느리고 평안성에 주둔하며 내 명을 기다리라 했거늘, 어째서 군령을 어기고 멋대로 남하한 것이오?"

장광은 그제야 무슨 말인지 깨닫고 급히 한쪽 무릎을 꿇었다.

"말장의 죄는 알고 있습니다. 다만 말장은 공자가 걱정이 되어서……."

"장군의 호의는 알고 있소. 하나 승리를 목전에 둔 상황에서 하마터면 우리 모두 저세상으로 갈 뻔했단 말이오! 다행히 착융을 서북 방향으로 유인했기에 망정이지, 그렇지 않았다면 장군의 군사는 착융의 주력 부대와 맞닥뜨릴 뻔했소. 만약 그랬다면 군자군의 작전은 모두 어그러지고 그대의 군사를 보호하느라 고귀한 병력만 낭비했을 것이란 말이오!"

이 말에 장광은 변명의 여지가 없어 고분고분히 죄를 청했다.

"말장, 공자의 처분을 달게 받겠습니다."

"장군의 행동이 좋은 뜻에서 나온 데다 순순히 죄를 인정했으니 사형은 면해주겠소. 다만 이것이 나쁜 선례를 남길 수 있으니 곤장 40대를 때려 군법을 바로 세워야겠소!"

"네?"

장광과 서주 제장들은 깜짝 놀라 괴성을 질렀다.

도응의 친병들이 장광을 끌고 가려고 나서자 뒤에 서 있던 서주 제장들은 다급한 목소리로 용서를 구했다. 곁에 있던 도기도 말에서 내려 도응에게 공수하고 말했다.

"형님, 장광 장군의 죄는 군법에 처해 마땅합니다. 다만 이는 노장군의 호의에서 나온 행동일 뿐 아니라 군자군의 전력을 전혀 몰랐기에 우리의 안전이 걱정되었을 것입니다. 그리고 아무 변고도 일어나지 않았으니 백부에 대한 장군의 충성을 헤아려 이번만 용서해 주십시오."

서주 제장들까지 잇달아 간청하며 말했다.

"맞습니다. 이번 한 번만 은혜를 베풀어 주십시오!"

도응도 사실 도가에 충성하는 장광을 벌할 마음이 전혀 없었다. 이는 단지 자신의 명에 위엄을 더하기 위함이었다. 제장들이 용서를 구하자 도응은 마지못한 목소리로 말했다.

"좋소. 여러 장수들의 얼굴을 보아 잠시 군법을 미뤄두겠소. 하지만 다음번에도 군령을 어긴다면 참수를 면치 못할 것이오!"

장광은 분하기도 하고 답답하기도 했지만 이 마음들을 억지로 억누르고 도응에게 한쪽 무릎을 꿇고 공수하며 말했다.

"공자의 후은에 감사할 따름입니다. 이후로 군령을 태산처럼 따르겠습니다."

마침내 도응은 말에서 내려 빠른 걸음으로 장광에게 다가갔다. 그러고는 만면에 미소를 띠고 장광을 일으켜 세우며 연신 사과하고 말했다.

"군법은 무정하니 너무 탓하지는 마십시오. 사실 저도 장군의 이번 행동에 크게 감격했습니다. 장군이 군령을 어기고 남하한 것은 장군을 위해서라 아니라 저를 걱정했다는 점 잘 알고 있습니다."

이어 장광과 서주 제장들은 도응에게서 착융의 대군을 물리치고 착융의 목을 벤 과정을 상세히 들을 수 있었다.

이들은 이 이야기를 듣고 자신의 귀를 의심하며 서로의 얼굴만 바라볼 뿐 아무 말도 나오지 않았다

한참 후 장광이 갑자기 도응 앞에 무릎을 꿇더니 감정이 격해진 목소리로 외쳤다.

"공자, 이번에 말장이 얼마나 큰 죄를 지었는지 알았습니다. 하늘이 내리신 기재(奇才)에 진심으로 탄복했습니다!"

도응은 다시 장광을 일으켜 세우며 과분한 칭찬이라고 겸손해했다. 그러면서 속으로 천 년 후에 출현할 전술을 들었으니 놀라는 것도 당연하다며 미소를 지었다. 도응은 도기 등에게 뒷정리를 맡기고 장광과 함께 후속 작전을 논의하러 먼저 광릉성 안으로 들어갔다.

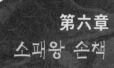

第六章
소패왕 손책

　도응은 광릉성에 방을 붙여 백성을 안정시키는 동시에 즉시
강도와 해릉 두 성을 공격하기로 결정했다. 그런데 대군이 출
발하기 직전에 강도와 해릉의 현관이 항복 문서를 보내왔다.
원래 이들은 조욱의 옛 부하들로 착융이 죽었다는 소식을 듣
고 재빨리 항복을 청해온 것이다.

　이로써 도응은 군자군의 첫 회전에서 착융의 목을 베고 광
릉을 완전히 접수하는 상당한 전과를 올렸다.

　군자군 사망자 수는 30명이 채 되지 않고 부상자는 50명이
조금 넘었지만 사살한 적의 수는 2천 명이 넘었다.

게다가 수천 명을 포로로 잡고 전마 천백 필을 손에 넣었으며 노획한 전량과 치중은 그 수를 헤아리기 어려웠다.

도응과 제장들이 회의를 마치고 각자의 군중으로 돌아가려 할 때, 전령이 안으로 급히 달려와 도응 앞에 무릎을 꿇고 보고했다.

"공자께 아룁니다. 문밖에서 서주자사부 영패를 지닌 자가 자신은 수춘(壽春)에서 온 조굉의 휘하인데 화급을 다투는 일이라며 공자를 뵙기를 청합니다."

"조굉의 부하라고?"

이 말에 도응의 미간이 찌푸려졌다. 조굉은 서주의 정보를 관장하는 자라 그의 부하가 수춘에서 왔다면 중대한 일이 벌어진 게 틀림없었다.

도응은 이런 생각을 하며 그자를 안으로 불러들였다. 잠시 후 상인 복장을 한 중년 남자가 온몸에 먼지를 뒤집어쓰고 뛰어 들어왔다. 그는 먼저 도응에게 예를 행한 후 자신의 신분을 증명하는 서주자사부 영패를 바친 다음 쉰 목소리로 말했다.

"소인은 서주자사부 장전교위 조굉 장군 휘하의 밀정 육욱(陸旭)이라고 합니다. 화급을 다투는 일이라 거두절미하고 공자께 아룁니다. 8월 25일, 양주를 점령한 원술은 공자께서 광릉으로 남정을 떠났다는 소식을 들었습니다. 이후 모사 여범

(呂範)의 건의를 받아들여 8천 군사를 광릉으로 보내 전란을 틈타 광릉 요지를 빼앗기로 결정했습니다. 소인은 이 소식을 탐지하고 즉시 수춘에서 배를 타고 남하해 도중에 공자께 아뢰려고 했습니다. 그런데 뜻밖에 공자의 행군이 귀신처럼 빨라 이미 회음에서 강을 건넜다고 하더군요. 이에 다시 광릉까지 죽을힘을 다해 달려온 것입니다."

"8천 회남군이라고?"

곁에 있던 장굉은 얼굴색이 돌변했다. 현재 포로를 재편해 군사를 6천 이상으로 확충한 상태라지만 군사의 사기가 크게 떨어지고 전투력이 매우 약한데 어찌 원술의 8천 정규군을 당한단 말인가?

처음에 도응은 원술이란 말에 크게 개의치 않다가 갑자기 무슨 생각이 들었는지 급히 육욱에게 물었다.

"그래, 원술은 언제 출병했다더냐? 그리고 주장은 누구라더냐?"

"원술은 8월 27일에 출병하기로 정했습니다. 그리고 주장은 예전 장사태수(長沙太守) 손견(孫堅)의 아들 손책(孫策)이며, 부장은 손견의 옛 부하인 정보(程普), 한당(韓當), 황개(黃蓋) 3인입니다."

육욱의 대답에 도응과 장굉은 동시에 경악성을 내질렀다.

장굉은 저도 모르게 소스라치게 놀라 소리쳤다.

"뭐, 손책이라고? 원술 휘하의 손에 꼽는 맹장에다 우리 서주와 철천지원수인 그자가 출격했단 말이냐?"

도응 역시 눈이 번쩍 떠지며 혼잣말로 중얼거렸다.

"소패왕 손책에 정보, 한당, 황개라니……."

아, 갈수록 첩첩산중이구나! 이제 막 개 한 마리를 잡았더니 호랑이가 나타난 격 아닌가. 손견의 4대 천왕 중 셋이나 한꺼번에 출격하다니! 그렇다고 가만히 앉아서 손 놓고 있을 수만은 없는 일이었다. 도응은 한참 동안 멍하니 서 있다가 마침내 입을 열었다.

"좋다. 우리도 슬슬 준비를 서둘러야겠구나."

한편 이 시각, 구강군(九江郡) 내에서는 원술의 회의교위(懷義校尉) 손책이 8천 대군을 거느리고 광릉성을 향해 말을 짓쳐 달리고 있었다.

그런데 이때 갑자기 남루한 무기를 손에 든 의용군 백여 명이 나타나 손책 일행이 가는 길을 가로막았다.

선두에 선 자는 나이 열여덟아홉에 키가 훤칠하고 미목이 수려하며 용모가 아주 고왔다. 그가 낭랑한 목소리로 외쳤다.

"백부(伯符), 단금(斷金)의 지기를 아직 기억하십니까?"

백부는 손책의 자다. 이 말에 손책은 서둘러 말에서 내려

미모의 청년에게 다가갔다. 손책은 그 청년을 꼭 껴안으며 감격에 겨운 목소리로 말했다.

"공근(公瑾), 내 어찌 한시라도 그대를 잊었겠나!"

      *   *   *

"장궁(長弓) 900자루에 각궁 320자루, 흉노 단궁(短弓) 206자루, 강궁(强弓) 91자루, 조궁(雕弓) 110자루, 화살 11만 6125개. 여기에 쇠뇌 350자루, 쇠뇌 전용 화살 1만 4천여 개라. 좋아, 이 정도면 충분하겠어."

도웅은 노획한 궁시(弓矢)들을 점검하면서 안도의 한숨을 내쉬었다.

착용이 요 몇 년간 하비와 광릉에서 긁어모은 무기가 제법 되는데다, 특히 가장 중요한 우전(羽箭)은 비축량이 입이 벌어질 만큼 많았다.

이때는 규격화된 풍우전(風羽箭)이 아직 발명되기 전이라 조류의 깃털을 붙인 우전을 사용해야만 했는데 그 가격이 워낙 비쌌다.

그래서 도웅은 착용군과의 전투가 끝난 후, 적 하나를 죽이는 데 화살을 평균 35발씩이나 사용했다며 군자군을 크게 나무라기도 했다.

그렇다고 해도 화살은 많으면 많을수록 좋은 법. 도응은 곁에 있는 장광에게 분부했다.

"장 장군, 번거롭겠지만 일전에 제가 착융군과 싸운 전장에 군사를 좀 보내주십시오. 전장을 자세히 살피면서 화살에 쓰는 깃털을 모두 취합해 오라고 하십시오. 특히 부러진 화살을 주의해서 보라고도 이르십시오. 또 따로 군사를 보내 죽순대, 싸리나무와 부레풀, 갖풀 등 화살을 만들 재료도 구해다 주십시오."

"예, 염려 마십시오. 말장이 즉각 사람을 보내 처리하겠습니다."

장광은 바로 부하 두 명을 불렀다. 그들에게 각각 도응의 말을 전한 후 신속하게 일을 처리하라고 일렀다. 그러고는 도응에게 고개를 돌려 물었다.

"이번 손책의 공격에 어찌 대처하실 요량입니까? 광릉을 지킬 겁니까, 아니면 버릴 겁니까?"

"광릉을 버릴 거면 뭐 하러 화살 재료를 모으겠습니까? 게다가 이번에 겨우 광릉 요지를 되찾았는데 그냥 버리기는 너무 아깝지 않겠습니까?"

장광은 걱정이 돼 다시 물었다.

"하지만 지금 병력으로 지켜낼 수 있을까요? 손책은 용맹스럽고 싸움을 잘하기로 이름이 높습니다. 전에 여강태수(廬江太

守) 육강(陸康)은 용맹과 지략을 겸비하여 적은 군사로 황양(黃穰)의 십만 대군을 물리쳐 위명을 사해에 떨쳤습니다. 그 공으로 충의장군(忠義將軍)에 봉해지기도 했습죠. 그런데 이런 명장도 손책을 만나 싸우는 족족 패했습니다. 성문을 걸어 잠그고 끝까지 버텼지만 결국 손책에게 여강을 빼앗기자 분한 마음에 피를 토하고 죽었습니다. 이런 손책을 상대로 광릉을 어찌 지켜낸다고는 해도 우위를 점하기는 어려울까 걱정입니다."

"손책이 싸움에 능하다는 건 잘 알지만 광릉을 절대 포기할 수는 없소. 광릉이 비록 착융에 의해 원기가 크게 상했다고는 하나 인구와 물자가 풍부하여 예전 상태를 회복하기는 그리 어렵지 않소. 늦어도 명년이면 서주에 대량의 전량을 공급할 수 있을 것이오. 이런 요지를 어찌 쉽게 포기한단 말이오? 게다가 광릉은 성지가 견고하여 절대 쉽게 무너질 리 없소."

도웅의 고집을 잘 아는 장광은 어쩔 수 없다는 듯 고개를 끄덕였다.

"공자의 결심이 그러하시다면 말장도 이에 따르겠습니다. 다만 두 가지 건의할 것이 있습니다. 먼저 당읍과 여국, 강도 세 현을 버리고 인력과 물자를 광릉성에 집중하는 것이 좋겠습니다. 다음으로 신속히 사신을 서주성에 보내 주공께 구원을 요청하시기 바랍니다."

"첫 번째 건의는 좋은 생각입니다. 하지만 당읍은 광릉성과 너무 멀리 떨어져 인구와 양초를 제때 옮기기 어렵습니다. 다행히 당읍은 작은 성이라 인구가 적고 전량도 부족하니 손책에게 남겨두도록 하십시다. 여국과 강도 두 현의 인구와 물자만 광릉으로 옮기면 됩니다."

그러더니 도응은 마치 모든 준비가 끝났다는 듯한 표정을 지으며 말을 이었다.

"두 번째 건의는 못 들은 걸로 하겠습니다. 장 장군도 서주성의 상황을 잘 알지 않습니까? 어디에 남는 병력이 있어서 원군을 보내겠습니까?"

"그럼 이 군사로 전투에 임하자는 말씀입니까?"

"당연하지 않습니까? 하지만 이번에도 분병을 할 계획입니다. 장 장군은 광릉성에 남아 이곳을 잘 지키십시오. 저는 군자군을 거느리고 성을 나가 손책과 교전을 벌이겠습니다."

이 말에 장광은 펄쩍 뛰며 말했다.

"공자, 지금 농담하십니까? 8백 군자군으로 8천 대군과 맞서 싸운다고요? 손책은 착융과 근본적으로 다른 무리입니다. 착융의 군대가 오합지졸이라면, 손책의 군대는 호랑이나 이리의 군대입니다!"

"하하, 누가 손책과 백병전을 벌인답니까? 광릉에서 수춘까지의 거리는 7백여 리입니다. 수로가 통하지 않아 손책이 출전하려면 육로를 이용하는 수밖에 없습니다. 그럼 손책의 양도 (糧道 : 군량을 나르는 길)도 7백 리란 말이 됩니다. 장 장군은 어 떻게 해서든 광릉성만 굳게 지키십시오. 군자군이 손책의 후 방에서 양식을 끊는 순간, 손책은 속수무책이 될 것입니다."

"손책의 양도를 끊는다고요?"

장광은 도응의 진짜 의도를 깨닫고 순간 눈이 반짝 빛났다.

"그렇습니다. 장군의 말대로 손책은 용맹과 지략을 겸비한 데다 그의 수하에는 전투에 능한 백전노장이 많습니다. 정면 대결을 펼치면 절대 손책의 적수가 되지 못하죠. 그렇다고 외 로이 성을 지킨다 해도 식량이 다하면 결국 무너지고 맙니다. 따라서 우리의 유일한 반격 기회는 7백여 리에 이르는 손책의 양도를 끊는 것입니다."

장광은 고개를 끄덕이면서도 쉽사리 마음을 놓지 못했다.

"양도를 끊는 것이 좋은 방법이긴 합니다만 용병에 능한 손 책이 이를 소홀히 할 리 없지 않겠습니까? 더구나 손책이 일단 광릉을 포위 공격하면 군자군이 성을 뚫고 나가기 어려워집니 다."

"군이 손책군을 뚫을 필요가 없습니다. 전 군자군을 이끌 고 먼저 성을 나가 벌판에서 적을 교란할 생각입니다. 그러면 서 적의 양도를 끊을 절호의 기회를 노려야죠. 이로 인해 장 군의 부담도 훨씬 줄 것입니다. 적이 편하게 성을 공략하도록 놔둘 수는 없는 일이지요."

이 말에 장광은 쓴웃음을 지었다.

"군자군의 기동력은 말장도 믿어 의심치 않습니다. 하나 벌판에서 치고 빠지는 작전을 펼치려면 군량이나 여물, 화살이 많이 필요할 텐데, 이를 어찌 보급한단 말입니까? 적게 지니면 오래 버틸 수 없고, 많이 지니면 기동력을 발휘하기 어려울 텐데요."

"염려 놓으십시오. 군량과 여물은 그리 많이 필요 없습니다. 소량만 있어도 충분합니다. 또 숲 속에 미리 보급품을 저장해 둘 은밀한 장소를 봐둔 상태여서 쉰 날도 너끈히 버틸 수 있습니다."

"그게 정말입니까?"

도응은 편안한 미소를 지으며 만사가 기우인 장광을 안심시켰다.

"이 젊은 나이에 목숨을 가지고 장난이야 치겠습니까? 또 보병은 성을 굳게 지키고 군자군은 적을 교란하는 작전은 군자군을 창설할 때부터 구상하고 있던 서주 방위 전략이었습니다. 동시에 이는 보병과 군자군의 협동 작전을 시험해 볼 다시 없는 기회이기도 하고요. 그러니 더는 권하지 마십시오. 제 결심은 절대 흔들리지 않습니다."

장광은 이번에도 역시 도응의 뜻을 꺾을 수 없음을 알고 마지못해 긴 한숨을 내쉬었다. 도응은 장광이 자신의 작전에 동의했음을 확인하고 슬쩍 다시 말을 걸었다.

"손책은 무력뿐만 아니라 지략도 뛰어나 광릉성을 방어하기가 쉽진 않을 것입니다. 그래서 장군에게 좋은 계책을 하나 알려드릴까 합니다."

"오, 무슨 계책입니까? 말장, 귀를 씻고 경청하겠습니다."

"그럼 말씀드리지요. 제 부친과 손견은 원래 교분이 두터웠습니다. 그런데 손견이 죽고 손책이 강도에 몸을 의탁하고 있을 때, 손책이 그곳에서 준재를 널리 모으고 인심을 널리 얻으려다가 부친의 노여움을 샀습니다. 결국 부친은 그를 강도에서 몰아내고 곡아(曲阿)로 쫓아내다시피 했습니다. 이 일로 두 가문은 원수가 되었습니다. 훗날 부친은 또 손책의 외삼촌인 오경(吳景)을 자주 핍박해 손책의 원한은 더욱 깊어졌습니다. 그리고 얼마 후 손책은 여범을 강도에 보내 그의 모친을 모시고 오면서 서주의 군정을 정탐하려고 했습니다. 이에 부친이 다시 크게 노해 여범을 잡아들이고 고문을 가했습니다. 여범은 그의 수종 덕에 간신히 감옥을 탈출해 달아났습니다. 손책은 이 일로 인해 우리 서주를 불공대천의 원수로 여기고 있습니다."

여기까지 말한 후 도응은 잠시 뜸을 들이더니 음흉한 미소를 지으며 말을 이었다.

"이제 무슨 말인지 아시겠습니까? 장군은 광릉성 안에 이 일을 널리 알리십시오. 그런 다음 손책이 성을 점령하면 조조를 본받아 성안에 있는 사람을 모조리 죽일 것이라고 유언비어를 퍼뜨리십시오. 그러면 광릉의 군사와 백성들은 전심전력을 다해 수성에 나설 것입니다."

장광은 무릎을 치며 도응의 계책에 감탄했다.

"오, 정말 묘책입니다. 여국과 강도의 백성이 광릉성으로 다 이주할 때쯤 즉시 군사를 시켜 이 유언비어를 퍼뜨리겠습니다."

도응은 연신 감탄해 마지않는 장광을 바라보면서 한편으로 꺼림칙한 기분을 지울 수 없었다.

'손책의 이번 광릉 출격은 순수하게 원술을 돕기 위해서일까? 아니지, 시간을 따져 보면 여강의 일로 이자의 머리 뒤쪽에 반골이 슬슬 자랄 때가 되었어. 게다가 원술에게 계책을 올린 여범도 뼛속까지 손견의 부하란 말이지. 그럼 이번 출격이 설마 손책에게 독립할 기회를 마련해 주기 위해서란 말인가? 그건 안 되지. 손책 같은 독사는 더 자라기 전에 빨리 독니를 뽑아버려야 해!'

도응의 계획은 그럴듯해 보였지만 애석하게도 실행에 옮기기란 말처럼 쉽지 않았다.

이제 막 광릉을 수복한 서주 군사들은 채 안정을 취하기도 전에 이리저리 바삐 움직여야 했다.

백성을 위무하는 것에서부터 항복한 군사들을 재편하고 성벽을 수리하고 수성 무기를 준비하는 동시에 이웃한 여국과 강도 백성의 이주를 돕고, 게다가 비밀리에 군자군의 보급지까지 건설해야 했다.

이런 온갖 일들이 얼기설기 뒤엉키다 보니 이삼 일 내에 완수하기란 절대 불가능했다.

홍평 원년 8월 그믐, 하루를 눈코 뜰 새 없이 보내고 이튿날 아침을 맞은 도응은 단호한 결정을 내렸다.

광릉성 부근에서 손책군을 기다리는 것이 아니라 아예 군자군을 이끌고 서쪽으로 출정하기로 한 것이다.

손책의 대군을 맞아 치고 빠지는 전술로 진군 속도를 최대한 늦춰 장광이 수성 준비를 하는 데 시간을 벌어주기 위함이었다.

또한 도응은 서성과 임청을 광릉성에 머물게 했다. 임청이야 따라나서겠다고 떼를 썼지만 도응으로서는 사지가 될지도 모를 곳에 그녀를 데려갈 수는 없었다.

계속 졸라도 도응이 아무 반응이 없자 임청은 입이 석 자는 나와 흥 하고 자리를 나가 버렸다. 임청이 나간 후 도응은 서성에게 명했다.

"문향(文饗), 이번에 광릉에 남아 중요한 임무를 맡아줘야겠네."

문향은 서성의 자다. 서성은 착융과의 싸움에서 큰 공을 세워 이미 아문장으로 발탁되었다.

"분부만 내려주십시오."

"어젯밤에 가르쳐준 밀집 방진(方陣)을 기억하는가?"

서성이 고개를 끄덕이자 도응이 말을 이었다.

"항병 중에 적합한 병사 2백을 골라 서둘러 이 방진을 훈련시키게. 이 방진 전술은 비록 허점이 많지만 이를 생전 처음 보는 적들은 혼비백산해 틀림없이 우리 보병을 기병(奇兵)으로 여길 것이야."

도응이 말한 이 밀집 방진은 사실 고대 그리스의 팔랑크스였다. 도응으로 다시 태어나기 전 전도형이 서양 전쟁사를 공부하다가 어설프게 기억하고 있던 것을 더듬어 서성에게 전수한 것이다.

이 방진은 병사들이 밀집 대형을 이루어 방어에는 막강한 위력을 발휘하지만 적이 측면이나 후방에서 공격해 오면 속수무책으로 무너질 수밖에 없다는 약점이 있었다.

하지만 지금 이런 것들이 무에 중요하랴. 현재로서는 적을 놀래 사기를 떨어뜨리는 것만으로도 충분했다. 버텨만 준다면 군자군의 유격전에 힘을 보탤 수 있다는 계산이었다.

"소장, 명에 따르겠습니다. 그리고… 채납하실지 모르겠지만 한 가지 드릴 말씀이 있습니다."

서성은 약간 머뭇거리는 어조를 띠며 말했다.

"괘념치 말고 얘기해 보게."

"왜 장패 장군에게 원병을 청하지 않으십니까? 서주성이야 군대를 차출하기 어렵다지만 장패 장군은 병력이 풍족하고 군사들의 전투력도 매우 강합니다. 게다가 공자께서는 이미 착융의 목을 베 장패 장군과의 약속을 지키셨습니다. 장패 장군이 신의를 중시하는 자라면 반드시 원병을 보낼 것입니다."

도응이 고개를 끄덕이며 말했다.

"좋은 생각이네. 장패가 과연 약속을 지키는지 두고 봐야겠어. 내 곧 장패에게 보낼 서신을 쓸 테니 개양으로 갈 전령을 대기시키게."

군자군은 아침 내내 서둘러 모든 채비를 마치고 각자 건량 반달 치씩을 챙겼다. 그날 정오, 도응은 8백 군자군을 거느리고 서쪽으로 두 번째 출정에 나섰다.

한편 군자군은 마침내 군사 하나당 말 두 필을 끄는 오매불망의 바람을 이루었다. 이건 모두 착실하게 물자를 모아놓은 착융 덕분이었다.

이로써 이미 적에게 공포를 주기 충분한 기동력에 날개를 하나 더 단 격이 되었다.

장광은 서주 제장들을 이끌고 친히 광릉성 서문까지 나가 군자군을 전송했다.

도응은 지난번 출정 때와 달리 크게 걱정하는 표정이 아닌 장수들에게 짤막하게 작별 인사를 건네고 서둘러 길을 재촉했다.

이때 광릉성 서문 성루 위에서 묘령의 꽃다운 여인이 군자군의 출정을 한시도 눈을 떼지 않고 바라보고 있었다. 그 자태가 가히 하늘에서 내려온 선녀에 침어낙안(沈魚落雁), 폐월수화(閉月羞花)가 따로 없었다.

깃발을 높이 들고 먼지를 날리며 달려가는 군자군의 모습이 점점 더 멀어져가자 이 여인은 끝내 흐르는 눈물을 주체하지 못했다.

          *   *   *

여기서 잠시 도겸과 원술의 관계를 알아보도록 하자. 전에 둘은 금석 같은 맹우 관계를 맺을 만큼 사이가 좋았다. 원술과 원소 형제간에 반목이 일어났을 때도 도겸은 원술 편에 서서 원술의 원소 공격을 도왔다.

결과는 비록 참패였지만 둘의 관계는 더욱 굳건해졌다고 할 만했다.

이치대로라면 원술은 당연히 도겸에게 고마운 마음을 가져야 하건만 수춘을 공략하고 양주를 차지하자 낯빛을 확 바뀌버렸다.

그는 스스로 서주백(伯)이라고 칭하며 서주 5군을 집어삼킬 야심을 품었다. 이렇게 되자 도겸도 크게 노하여 원술과의 맹약을 절연히 끊어버렸다.

사이가 틀어지자 원술은 더욱 거리낌이 없어졌다.

주저 없이 여범의 계책을 받아들여 훗날 강동 소패왕이 되는 손책에게 8천 군사를 주고 광릉 공격을 명했다. 도응과 착융의 양패구상을 노려 옛 맹우의 기반을 빼앗을 요량이었던 것이다.

군자군은 가능한 한 손책군의 진공 속도를 늦추고, 전술적 우회로를 확보하기 위해 장기인 장거리 질주를 시전했다. 달리는 말에 채찍질을 가하고 말을 갈아타며 다섯 시진 만에 무려 110리 길을 달렸다.

밤이 깊어지자 도응은 오늘밤 휴식을 취하고 내일 날이 밝는 대로 서쪽으로 출발할 것이라고 말했다.

한편 도응은 보초와 척후병을 배정하러 가는 도기를 불러 단단히 일렀다.

"광릉 서부 일대는 지형이 낯설어 일월성신(日月星辰)에 의지해야 겨우 방향 분간이 가네. 마침 오늘은 8월 그믐이라 달도 없는 날이네. 척후병들에게 유심히 다니면서 길 안내자를 찾아보라고 하게. 현지 농민이나 산속 주민을 만나면 절대 으르지 말고 좋은 말로 타일러 이리로 데려오도록 하게. 유격전을 펼치려면 지형에 익숙해지는 것이 무엇보다 중요한 법이니까."

도기가 명을 받고 나가자 도응은 건량과 절인 고기를 씹은 후 쉴 틈도 없이 등잔불을 들고 지도를 펼쳤다.

이 조잡한 지도로 봤을 때, 광릉 서부는 유격전을 펴기 알맞은 지역이었다. 구릉도 많고 수림도 많은 데다 군자군이 단숨에 적진을 들이치기 용이한 평원 지대로 적지 않았다.

하지만 모든 일에는 일장일단이 있는 법. 구릉이 많은 지대니 만큼 지형과 거리에 대해 반드시 숙지해야만 했다.

뭇 산으로 둘러싸인 이 일대는 사방팔방으로 길이 많이 나 있었고, 시내나 수림, 구릉이 복잡하리만치 촘촘히 분포돼 있었다.

이곳 지리를 잘 아는 자가 없다면 손책군을 효과적으로 견제하고 교란하기란 그리 만만치 않아 보였다.

수심에 잠겨 이맛살을 찌푸리던 도응의 눈길이 광릉군과 구강군의 접경지대로 옮겨갔다.

여기에는 아주 작은 현성(縣城)인 동성(東城)이 있었다. 명목상으로는 서주의 영토였지만 광릉에서는 족히 4백 리가 넘었고, 원술의 본거지인 수춘에서는 오히려 가까운 3백 리밖에 되지 않았다.

착융이 반란을 일으킨 후, 이 현성은 일찌감치 서주와 연락이 끊어져 이미 원술의 수중에 들어갔는지 혹은 산적 소굴이 됐는지 알 길이 없었다.

하지만 이 작은 성은 손책이 광릉으로 진군하는 데 반드시 거쳐야 할 길이었다.

"아예 이 동성으로 가볼까?"

도응은 문득 이 생각이 들어 곰곰이 따져 보기 시작했다.

"동성은 손책이 반드시 지나야 하는 길이란 말이지. 그럼 내가 먼저 이곳에 가서 진을 치는 건 어떨까? 아무리 외졌어도 명색이 성인데 사람들은 살 테고. 이곳 지리를 잘 아는 사람을 찾아서 길 안내자로 삼으면 숲 속에서 바늘을 찾는 것보다 나을 것 같긴 한데……."

하지만 도응은 가장 중요한 문제를 고려하지 않을 수 없었다.

바로 현재 손책의 행방을 전혀 알 수 없다는 것이었다.

손책이 동성에 도착했는지 아니면 동성을 넘었는지 모르는 상황에서 무턱대고 수백 리를 달렸다가 만일 중간에 손책의 주력 부대와 마주치기라도 하면 아주 곤란했다.

그런데 잠시 고민하던 도응의 입에서 자기도 모르게 아연 실소가 나왔다.

일류 명장이라는 손책의 명성에 가려 자신이 지나치게 조심스러웠음을 깨달은 것이다.

손책의 8천 군대는 전원 기병일 리가 만무했다.

도량 좁고 의심 많은 원술이 심복도 아닌 손책에게 기병을 그리 많이 내줬겠는가? 또 보기가 섞여 있는 대오가 사흘 만에 가면 얼마나 갔겠는가?

게다가 손책은 틀림없이 자신과 착융이 싸우는 틈을 타 어부지리를 노리려 할 텐데 굳이 서둘러 행군할 이유가 없지 않은가?

따라서 손책의 군대가 이미 동성에 이르렀거나 동성을 지났을 가능성은 매우 희박했다.

도응은 그제야 얼굴이 펴지며 편안히 잠이 들 수 있었다.

＊　　　　　＊　　　　　＊

다음 날, 날이 밝자마자 도응은 군자군 5대장을 불러 동성으로 향할 것이라고 말했다. 연빈에게는 착융의 깃발을 들고 먼저 출발해 혹시 모를 손책 주력군과의 조우에 대비하라 명하고, 도응은 군자군을 이끌고 3리 뒤처져 전속력으로 동성을 향해 질주했다.

말을 달린 지 하루 반이 지난 9월 초이튿날 오후쯤, 군자군은 마침내 동성 경내에 진입했다. 동성을 20여 리 앞둔 지점에서 도응은 휴식을 명하고, 군사를 보내 동성의 상황을 탐지했다.

잠시 후, 연빈 부대의 전령이 나는 듯이 달려와 도응에게 다급하게 보고했다.

"공자께 아룁니다. 우리 척후병이 전방 5리 밖에서 원술의 깃발을 든 척후 부대를 발견했습니다. 연빈 장군이 지금 공자의 명을 기다리고 있습니다."

이 보고에 도응은 깜짝 놀라며 발을 동동 굴렀다.

"제길, 한발 늦었구나! 손책이 벌써 동성에 도착하다니. 연빈에게 착융의 군대인 것처럼 가장해 적에게 다가간 다음 기회를 봐 한꺼번에 죽이고 우리와 합류하라고 명해라!"

전령이 명을 받고 출발하자 도응은 군자군에게 결사전에 대비하라고 명했다.

이제 와서 발을 빼기도 어려운 상황이 되자 도응은 군자군을 이끌고 구릉 뒤쪽으로 몸을 숨겼다. 손책군의 눈을 피해 급습을 가하기 위함이었다.

그런데 잠시 후 연빈의 부대가 이쪽으로 달려오는데 추격하는 대군은 전혀 보이지 않았다.

게다가 연빈은 손책군 포로 둘까지 잡아왔다. 알고 보니 연빈이 손책 척후병에게 거짓으로 착융의 군대라고 말하자 이들은 이를 사실로 믿고 급히 광릉의 상황을 물어보았다.

연빈은 이들이 안심하고 무장을 푼 틈을 타 기습을 가해 척후병 셋을 베고 둘을 포로로 잡았다. 하지만 뒤따라오던 척후병이 이 광경을 보고 잽싸게 내빼는 통에 나머지는 그만 놓치고 말았다.

척후병이 달아났으니 조금 있으면 손책 대군이 들이닥칠 것이 빤했다.

다급해진 도응은 이리저리 생각할 것 없이 당장 그 두 척후병을 심문했다.

"지금 손책은 어디 있느냐?"

척후병은 몸을 벌벌 떨며 사실대로 고했다.

"우리는 한 시진 전에 동성에 도착했습니다. 선봉은 황개 장군이고, 부장은 주유(周瑜) 대인입니다. 군사는 총 2천 명이며, 현재 황개 장군과 주유 대인이 동성에서 방을 붙이고 백성을 위무하는 중입니다."

"주유라고?"

도응은 깜짝 놀라는 표정을 지으며 황급히 물었다.

"그럼 손책은 어디 있느냐? 동성에는 언제 도착하느냐?"

"손 장군은 후방 30리에서 친히 양초를 호위하며 따라오고 있습니다. 아마 오늘밤 안으로 동성에 도착할 것입니다."

"뭐라? 손책이 직접 양초를 호송한다고? 양초를 얼마나 싣고 오길래 손책이 직접 양초를 호송한단 말이냐?"

"양초가 얼마나 되는지 소인들은 잘 모르옵니다. 다만 소인이 듣기로, 이번에 지구전에 대비해야 하는데 수춘에서 광릉까지 길이 좋지 않아 양초 운반이 쉽지 않은 까닭에 가능한한 많이 가져왔다고 합니다."

'음, 적어도 한 달 치는 넘겠군.'

도응은 속으로 이렇게 판단하고, 친병에게 즉시 척후병들을 베라고 한 후 명했다.

"이 포로들의 투구와 갑옷을 전부 벗기고, 값나가는 물건들은 모두 챙겨라. 도적을 만난 것처럼 꾸민 다음 즉각 남쪽으로 철수한다!"

군자군이 일사불란하게 명에 따르고 있을 때, 도응은 손가락으로 피를 찍어 발가벗겨져 죽은 두 척후병의 몸에 글자를 적었다.

손책 어린놈아, 우리는 광릉에서 보낸 군사들이다. 후사가 두렵다면 절대 우릴 쫓지 마라.

도응은 피로 글자를 쓴 후 즉각 군자군을 이끌고 남쪽으로 향했다.

도기가 고개를 갸웃하며 이런 글을 남긴 이유를 묻자 도응이 대답했다.

"이는 착융군이 쓴 것처럼 보이기 위함이다. 방금 연빈이 착융군 행세를 한 데다가, 이 글까지 보게 된다면 손책은 이를 분명 착융군의 소행으로 알 것이다."

도기가 손뼉을 치며 말했다.

"아, 이제 알겠습니다. 이것이 착융군의 짓이란 걸 알면 광릉을 공격해야 하는 그들이 우릴 별로 대수롭지 않게 여겨 군대를 보내 쫓질 않겠군요."

"아니, 그 반대다. 내가 일부러 글을 남긴 건 군대를 나눠 우릴 쫓게 하기 위해서다. 1백 기병은 병력은 얼마 안 되지만 전마가 무려 백여 필이다. 손책 부하 놈들이 이를 알면 눈에 불을 켜지 않겠느냐? 하지만 그들이 보낼 추격병도 얼마 되지 않을 테니, 우리야 적도 꺾고 전마와 무기도 얻는 일석이조 아니더냐!"

도기는 멍한 얼굴을 하고 이리저리 머리를 굴리더니 그제야 도응의 말을 알아채고 외쳤다.

"저라도 이런 상황이면 전마를 빼앗으러 갔을 겁니다! 하하, 형님은 정말 대단하십니다."

도웅은 그래도 안심이 되지 않았는지 연빈을 불러 다시 명했다.

"연 장군의 1백 전마는 아무 데나 똥을 싸게 하는 대신, 나머지 말똥은 일일이 모아서 아무도 모르는 곳에 버리도록 하라. 절대 적에게 우리의 병력 수를 들켜서는 안 된다!"

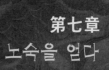

第七章
노숙을 얻다

　동성은 광릉군 끄트머리에 위치하여 남쪽으로 몇 리만 가
도 바로 원술의 영토인 구강군이었다. 이 일대는 지형이 매우
복잡해 산과 산이 연이어져 있고 개활지가 거의 보이지 않아
군자군이 작전을 펼치기에 불리했다. 더욱이 군자군 뒤로 멀
리서 어슴푸레 추격병 소리가 들려오자 도응은 하는 수 없이
계속 남쪽으로 내달렸다.

　산 몇 개를 넘으며 십여 리쯤 달려가자 꽤 넓은 개활지가 군
자군 눈앞에 펼쳐졌다. 이미 수확을 마친 논에는 유채(油菜)가
파종돼 있었고, 멀리 배산임수의 위치에서는 연기가 피어오르

고 인가들이 희미하게 보였다. 여기에 망대까지 있는 것이 난세에 자주 보이는 전형적인 민간 성보(城堡)였다.

도응은 드디어 길 안내자를 찾을 수 있게 됐다며 안도하더니 급히 장병들에게 명했다.

"절대 마을 농민의 밭을 밟지 말고, 주민을 위협하거나 해치지 마라. 또 전마가 함부로 푸성귀를 뜯어먹지 않도록 신경써라."

도응은 군자군을 이끌고 곧게 나 있는 길을 따라 조심스럽게 성보 앞까지 갔다. 군자군이 다가오자 성보 안에서는 사람들이 부산히 움직였다. 성루와 망대에서는 강노(强弩)를 설치해 군자군 대오를 겨누고 있었고, 참호 뒤에서는 각종 무기를 든 백성이 몸을 숨긴 채 낯선 이들을 경계했다.

도응은 이 성보를 자세히 관찰해 본 후, 성주가 보통 인물이 아님을 간파했다. 그 이유는 성보가 매우 견고했기 때문이다. 성벽이 높고 참호가 깊으며, 궁병의 배치도 매우 치밀해 사각지대까지 확보하고 있었다. 게다가 참호 안에는 뾰족한 말뚝이 박혀져 있고, 성으로 들어가는 교량은 특수 제작한 판량교(板梁橋)로 반동 기구를 이용해 순간적으로 다리를 기울게 만들어 적들을 참호 속으로 빠뜨리도록 설계되었다.

그런데 도응이 고개를 들어 성루를 바라보자, 거기에는 뜻밖에 자신 같은 서생이 하나 서 있는 것이 아닌가. 얼굴은 하얇고 수염은 듬성듬성하며 큰 키에 허리에는 보검을 차고 있었다. 나이는 스물을 갓 넘긴 듯 보였다. 그는 도응 일행에게 공수의 예를 갖추고 깍듯이 말했다.

"소생은 본 성보의 성주입니다. 이 누추한 곳까지 어인 일로 왕림하셨는지요?"

도응은 말에서 내리더니 군자군을 뒤로 물러나게 한 후 그 성주에게 예를 갖췄다.

"안심하십시오. 저희는 식량이나 물자를 빌리러 온 것이 아닙니다. 소장이 군사를 이끌고 출정했다가 길을 잃어 여기까지 흘러오게 됐습니다. 무례를 범했다면 용서하십시오."

그 성주 역시 도응처럼 젊고 서생 티가 나는 자가 대장이란 사실에 깜짝 놀라며 답례했다.

"아닙니다. 방금 전 장군이 군사들을 단속하여 함부로 농민의 땅을 밟지 않는 것을 보고, 소생 크게 감격했습니다. 감히 고성대명을 묻습니다. 또 어디서 온 군대인지요?"

"소장의 성은 도요, 이름은 응이며 자는 명무입니다. 현재 서주 점군사마를 맡고 있습니다."

도응은 자기소개를 한 후 재빨리 말을 이었다.

"한데 소장이 한 가지 부탁이 있습니다. 귀지(貴地)에 처음 발을 들여놓은지라 지형과 도로에 익숙지 않으니 이곳 지리를 잘 아는 향민 하나만 종군하게 해주십시오."

그러더니 품속에서 황금 두 덩이를 꺼내 바치는 시늉을 했다.

"공자가 거느린 군대는 서주 군대입니까?"

성주가 얼굴에 난처한 기색을 띠고 물었다.

"그렇습니다."

도웅의 대답에 성주는 잠시 주저하더니 예를 갖추고 대답했다.

"황금 때문이 아니라도 공자가 직접 부탁하시니 무조건 도와드려야 옳습니다. 하지만 아시다시피 좌장군 원술의 명으로 선봉이 이미 동성에 이르러 구강군과 서주군은 개전한 것이나 다름없습니다. 이 성중에 있는 사람은 모두 구강 사람인데, 공자를 도왔다는 사실이 원술에게 알려지기라도 하면 목숨을 부지하기 어렵습니다. 돕고 싶어도 도울 수 없는 심정을 헤아려 주십시오."

"우리가 전량을 빼앗겠다는 것도 아닌데 어찌 이리도……."

도기가 대로하여 앞으로 나와 따지려 들자, 도웅이 손을 들어 재빨리 이를 제지한 후 성주에게 말했다.

"성주의 말이 맞소이다. 우리를 도왔다가 죄 없는 백성들이 연루되겠구려."

"소인의 고충을 이해해 주셔서 감읍할 따름입니다."

"아니오. 오히려 소장이 무리한 부탁을 해 미안하오. 그럼 이만 가보겠소이다. 참, 그대의 대명을 물어도 되겠소이까?"

"천한 이름이라 밝히기도 부끄럽습니다. 소인의 성은 노(魯)요 이름은 숙(肅), 자는 자경(子敬)이라 합니다."

그의 대답에 도응의 입에서는 저도 모르게 헉 하고 신음이 터져 나왔다. 이런 궁벽한 땅에서 천하의 노숙을 만나게 될 줄이야. 시간을 따져 보니 지금 노숙은 세상에 이름이 알려지기 전인 데다 주유가 찾아오기도 전이었다. 도응은 그를 꼭 자기 사람으로 만들고 싶었지만 지금은 상황이 여의치 않음을 알고 짐짓 웃음을 띤 채 노숙에게 작별 인사를 고했다.

이어 그는 몸을 돌려 군자군에게 명했다.

"출발한다. 다음 마을에서 길 안내자를 찾도록 한다. 절대 농지를 밟지 않도록 말굽을 조심하라."

도응은 깨끗이 물러나 군자군을 이끌고 계속 남쪽으로 내려갔다. 도기와 연빈 등 장수들은 답답하기 짝이 없었지만 감히 도응의 명을 어길 수는 없었다. 노숙은 멀어져 가는 군자군의 뒷모습을 바라보며 탄식을 그치지 않았다.

"아, 천하에 보기 드문 인의의 군대로다. 저 장수에게서는 군자의 풍모가 넘치는구나!"

군자군이 떠나고 한 시진쯤 지난 후, 원술군 4, 5백 무리가 마침내 이 성보가 있는 너른 땅에 들어섰다. 원술군은 군자군과 달리 대오가 엉망인 데다 밭을 아무렇게나 밟고 지나며 성보가 있는 곳으로 다가갔다. 성안 사람들은 군자군을 대할 때와 마찬가지로 즉각 전투태세에 들어갔다. 노숙은 성루에 올라 원술군이 제멋대로 밭을 짓밟는 것을 보고 문득 불길한 예감이 들었다.

'아, 이번 난관은 쉽게 지나가기 글렀구나.'

아니나 다를까, 추격병을 거느리고 성보 앞까지 곧장 달려온 원술군 대장은 채찍을 높이 들고 기세등등하게 소리를 질렀다.

"성중의 필부는 어서 나와 본 대장 황의를 맞이하라! 방금 전 1백 기병이 이곳을 지나 어디로 갔는지 아느냐?"

이 말에 노숙은 자기 귀를 의심했다.

'1백 기병이라고? 방금 전 그 서주 기병은 7, 8백은 돼 보이던데 이건 무슨 소리지? 저들이 쫓는 자가 혹시 그 서주 기병이 아니란 말인가?'

성에서 아무런 반응도 없자 황의는 참지 못하고 큰소리로 호통을 쳤다.

"필부 놈이 귀가 먹었느냐? 본 대장이 기병 일단이 이곳을 지나갔느냐고 묻지 않느냐? 아무 대답이 없으면 본때를 보여주고 말 테다!"

상대의 무례한 행동에 불쾌해진 노숙은 일부러 이렇게 고했다.

"장군께 아뢰오. 방금 전은 말할 것도 없고, 요 며칠간 1백 기병이 성보를 지나간 적은 없소이다."

그러자 황의는 크게 노기를 띠고 채찍으로 땅바닥을 가리켰다.

"필부 놈이 감히 날 속이려 드느냐? 기병이 지나가지 않았다고? 그럼 이 말똥은 어디서 난 것이란 말이냐?"

노숙은 바닥에 드문드문 떨어져 있는 말똥을 보고 문득 조금 전 서주군 전마 엉덩이에 자루가 씌워져 있던 것이 떠올랐다. 아, 이들은 말똥을 소량만 남겨놓아 적에게 병력 수를 오해하게 만든 것이로구나. 노숙은 온후한 그 공자가 지략에도 매우 뛰어나다는 생각이 들자 절로 미소가 지어졌다.

황의는 성미도 다급하게 성주를 다그쳤다.

"필부 놈이 또 말이 없구나! 그 기병은 어디로 갔느냐? 대답하지 않으면 네놈을 동성으로 끌고 가 적과 내통한 죄를 묻겠다!"

"장군."

그런데 이때 한 장수가 황의를 부르며 다가가 귓속말을 하더니 채찍으로 성벽 높이만큼 쌓인 식량 더미를 가리켰다. 이 상황을 지켜보고 있던 노숙은 일이 심상치 않게 돌아감을 느끼고 다급한 목소리로 외쳤다.

"장군, 오해하지 마십시오. 이 마을 사람들은 모두 구강 백성입니다. 좌장군의 후한 은택을 입은 지 오랜데, 어찌 적과 내통하겠습니까? 방금 전 이곳을 지나간 군사들은 저쪽으로 달려갔습니다."

그러더니 군자군이 향한 길을 손가락으로 가리켰다. 하지만 이미 때는 늦었다. 식량이 산처럼 쌓인 것을 확인한 황의는 눈알을 이리저리 굴리더니 크게 소리쳤다.

"네놈이 감히 본 대장을 속이려 드느냐? 빨리 성문을 열어라. 내 직접 안으로 들어가 적군을 몰래 숨겨주었는지 조사해야겠다. 어서 성문을 열어라!"

황의가 채찍을 휘두르자 뒤에 있던 원술군 부대는 그의 뜻을 알아채고 활을 당겨 성을 조준하고 공격 태세를 갖추었다. 황의는 더욱 날뛰며 고함을 질러댔다.

"어서 성문을 열어라! 그렇지 않으면 적을 일부러 숨겨준 죄를 물어 전부 관가로 끌고 가 죄를 다스리겠다!"

노숙은 이 모습을 보고 치가 떨렸다. 적인 서주 군대는 기율이 엄정하고 적군 백성을 추호도 범하지 않았는데, 현지 관병이란 자들은 흉악하게도 식량을 약탈할 기회나 노리고 있으니 말이다.

"성주, 절대 성문을 열어서는 안 됩니다. 성문을 열면 이 안의 3백 명 목숨은 모두 끝장입니다!"

성안의 백성들은 원술군의 의도가 불순한 것을 알고 잇달아 노숙에게 권했다.

성안에서 아무 반응이 없자 몇몇 원술군 장수가 황의를 부추겼다.

"황 장군, 적과 내통한 반민(叛民)에게 좋은 말로 할 필요가 있겠습니까? 당장 쓸어버립시다요. 돌아가서는 이곳 백성이 적병을 숨겨줘 섬멸할 수밖에 없었다는 증거를 보여주면 됩니다."

"황 장군은 원 장군의 사위인데 굳이 증거를 보여줄 필요가 있나? 적과 내통한 자들을 토벌한 것을 가지고 황개는 물론 손책이라고 감히 뭐라고 할 수 있겠나?"

부하들이 종용하자 황의는 더욱 자신감을 얻어 즉각 손을 들어 외쳤다.

"이 성보는 적과 내통하고 적을 숨겨주어 그 죄가 하늘만큼 무겁다! 내 오늘 이놈들을 모조리 쓸어버릴 것이다! 화살을 쏴라!"

원술군 진영에서 함성 소리가 터져 나오며 성보를 향해 일제히 화살을 발사했다. 성안의 몇몇 사람이 피할 틈도 없이 화살에 맞고 쓰러지자 노숙도 크게 대로하여 즉각 화살을 쏴 반격을 가하라고 명했다.

두 군대 간에 접전이 벌어지자 황의는 저 백면서생 같은 성주를 너무 얕봤음을 깨달았다. 성안의 백성들이 전혀 두려운 빛 없이 지리적 우세를 바탕으로 높은 곳에서 화살을 난사하자 원술군 병사들은 잇달아 비명을 지르며 그 자리에서 쓰러졌다.

이어 황의의 눈을 더욱 믿을 수 없게 만드는 일이 일어났다. 보병 20여 명이 성문을 부수러 큰 나무를 들고 교량까지 돌진했는데, 견고한 나무다리가 갑자기 기울더니 보병 대여섯 명이 그대로 참호 안으로 떨어져 안에 설치된 뾰족한 말뚝에 꿰여버린 것이다.

쉽사리 무너지리라 생각했던 성이 완강하게 저항하자 황의는 군사들에게 즉각 뒤로 물러나라고 명했다. 전투 경험이 풍부한 그는 이 성보를 유심히 둘러보더니 병사들에게 큰소리로 외쳤다.

"당장 불화살과 횃불을 준비하라! 화살은 모두 불화살로 교체하고, 방패로 엄호하며 앞으로 나가 횃불을 성안으로 던져라!"

원술군이 불을 붙일 나무를 모으는 것을 본 노숙은 크게 놀라며 다급히 소리를 질렀다.

"적이 화공을 펼치려 한다. 빨리 물통을 날라 성 위쪽 불이 붙을 만한 곳에는 모두 물을 부어라! 노약자와 부녀자도 모두 도와라!"

원술군은 빠른 시간 안에 불화살과 횃불을 준비했다. 창졸지간에 기름으로 두른 살촉을 마련하긴 어려웠지만 살촉을 천으로 싸 불을 붙이면 똑같은 효과를 내기에 충분했다. 황의의 명령이 떨어지자 원술군 궁노수들은 일제히 불화살을 성안으로 날렸다. 손에 횃불은 든 병사들도 방패의 엄호 아래 성 앞까지 다가가 잇달아 횃불을 성안으로 던졌다.

성안에서는 화살을 쏘며 필사적으로 적의 공격을 막아냈지만 수적으로 우세한 원술군을 당해내기는 어려웠다. 성안은 불화살과 횃불로 인해 순식간에 화염이 치솟고 온통 검은 연기로 뒤덮여 그야말로 아수라장을 방불케 했다.

원술군의 화공으로 성이 거의 함락될 즈음, 갑자기 멀리서 커다란 함성 소리와 지축을 뒤흔드는 말발굽 소리가 울렸다. 황의와 노숙 등이 이 소리에 깜짝 놀라 고개를 돌리자 남쪽에서부터 기병 한 떼가 몰려오고 있었다.

그들이 휘날리는 대기에는 '군자' 두 글자가 크게 씌어 있었다.

군자군은 5열 횡대로 말을 달려오고 있었는데, 뒤에 있던 경기병 3개 부대가 갑자기 앞서 달리던 2개 중기병을 넘어 앞으로 나오더니 일제히 화살을 발사했다.

손쓸 겨를이 없었던 원술군 병사들은 미처 진용을 갖출 틈도 없이 비처럼 쏟아지는 화살에 비명을 지르며 쓰러졌다. 이어 경기병 부대는 원술군 측면에서부터 화살을 난사하며 후방으로 돌아가 이들을 포위했다. 그러자 이번에는 2개 중기병이 앞으로 돌진하며 역시나 끊임없이 화살을 쏘아댔다.

황의는 적이 앞뒤로 자신들을 막아서는 것을 보고 전세가 여의치 않음을 깨달았다. 그는 급히 병력을 집중해 후방의 경기병을 뚫으라고 명했다.

"적의 기습이다! 빨리 포위망을 뚫어라!"

그런데 군자군 경기병은 이들과 근접전을 치를 마음이 없는 듯했다. 그들은 재빨리 말 머리를 돌려 달아나면서 뒤쫓아 오는 원술군 병사를 향해 연신 화살만 날려댔다.

망루 위에서 이 장면을 바라보던 노숙은 놀라서 눈이 커지고 입이 쩍 벌어졌다.

"세상에 저렇게 싸우는 방법도 있단 말인가? 말을 달리면서 화살을 쏘는데 어찌 저리 안정적이란 말인가?"

황의 역시 놀라고 답답하긴 마찬가지였다. 원술의 종제인 원윤(袁胤)을 따라 10년 넘게 남정북전(南征北戰)했지만 이런 기괴한 기병 전술은 생전 처음이었다. 쫓아가면 달아나고 멈추면 같이 멈춰 화살을 쏘아대는데 도무지 당해낼 방법이 없었다.

군자군의 우전이 원술군 보기를 향해 끊임없이 쏟아지자 여기저기서 비명 소리가 터져 나왔다. 눈 깜짝할 사이에 원술군 병사 2백 명이 황천길로 갔고, 나머지 3백여 명도 다수가 부상을 입었다. 이에 황의는 퇴각을 결심하고 남은 30여 기병에게 자신을 호위해 포위를 뚫으라고 명했다.

황의의 기병은 도기가 거느린 경기병 쪽을 향해 사력을 다해 내달렸다. 그러자 도기의 기병은 잠시 몸을 피해 그들이 달아나도록 길을 열어준 다음 신속하게 뒤를 쫓으며 화살을 날렸다. 이들의 난전에 원술군 병사들이 연이어 쓰러졌고, 황의도 마침내 도기가 쏜 화살에 목이 꿰뚫려 목숨을 잃었다. 이들 중 단 두 명만이 쏟아지는 화살을 피해 요행히 목숨을 건져 달아났다.

주장 황의가 기병을 이끌고 달아나자 나머지 원술군은 큰 혼란에 빠졌고, 일부는 벌써부터 무기를 내던지고 바닥에 엎드렸다. 조금만 겁박하면 항복을 받아내는 것도 가능해 보였으나 도응으로서는 포로를 받아들일 입장이 아니었다. 손책군과 유격전을 펼쳐야 하는 군자군에게 포로들은 짐만 될 뿐이기 때문이다. 이에 도응은 공격을 만류하지 않고 지켜보기만 했다.

이때 불을 다 잡은 성보의 문이 활짝 열리며 노숙이 친히 청년 백여 명을 이끌고 아수라장이 된 원술군 진영을 향해 달려갔다. 이들이 원술군 보병과 혼전을 전개하자 도응은 그제야 활을 거두라고 명했다. 원술군은 이미 태반이 부상을 당한 데다 전의까지 상실해 뿔뿔이 달아나기 시작했다. 노숙의 무리가 그들을 끝까지 추격하고, 군자군 기병도 양옆에서 지원 사격을 가하자 원술군은 처절한 비명을 지르며 그 자리에서 쓰러졌다.

승부가 거의 가려지자 노숙은 옆에 있던 지휘관에게 청년들을 맡겼다. 자신은 홀로 도응에게 다가가 땅에 한쪽 무릎을 꿇고 공수하며 말했다.

"노가를 구해주신 공자의 대은에 감사합니다. 공자가 아니었다면 노가의 3백여 백성은 오늘 목숨을 부지하기 어려웠을 것입니다. 소생, 분신쇄골하더라도 공자의 은혜를 다 갚기 어렵습니다."

도응은 즉시 말에서 내려 노숙을 일으켜 세우며 말했다.

"억울한 일을 보고도 모른 척하는 건 사람의 도리가 아닙니다. 성주야말로 죄에 연루될까 두려워하지 않고 소장을 도왔으니 감읍할 따름입니다."

"이는 소생의 땅에서 벌어진 일이니 당연히 소생이 나서야지요."

"하하, 오늘 그대를 처음 봤지만 왠지 백년지기를 만난 것 같은 기분이 드오."

노숙도 도응을 따라 크게 웃더니 슬쩍 물었다.

"공자의 성이 도요 이름이 응이라면, 혹시 서주목 도 사군의 둘째 아들 아니십니까? 기름 솥에 몸을 던져 서주 만민을 구한 그 이공자 말입니다."

"황송하지만 소장이 맞소이다. 그대가 미천한 이름을 들어 봤다니 몸 둘 바를 모르겠소이다."

"너무 겸손해하지 마십시오. 몇 달 전 소문을 통해 공자의 의거를 들었는데 이렇게 만나고 보니 과연 듣던 대로 인의군자의 풍모를 지니셨습니다."

그러고는 잠시 뜸을 들이더니 말을 이었다.

"공자, 현지 도로와 산천에 대해 잘 아는 안내자를 찾는다고 하지 않으셨습니까? 공자께서 용납하신다면 소생이 모수자천(毛遂自薦)하여 길을 안내하는 건 어떻겠습니까?"

자신이 말을 꺼내기도 전에 노숙이 먼저 따르겠다고 하자 도응은 기뻐 어쩔 줄 몰랐다. 하지만 도응은 짐짓 난처한 표정을 지으며 말했다.

"가산이 이렇게 방대한데 그대가 소장을 따라 길을 나서면 저 물자는 누가 지킵니까? 게다가 저들은 성주를 잃는 것이 아닙니까?"

"소생은 어려서 양친을 잃고 조모 손에서 자랐습니다. 조모도 연전에 돌아가셔서 마음에 걸리는 것이 없는 몸입니다. 비웃으실지 모르겠지만 소생은 선조의 가업 열에 여덟아홉을 날리고 지금 이 성보와 전답이 조금 남았을 뿐입니다. 이것마저 날린다면 정말 아무것도 걸릴 것이 없으니 마음이 더욱 편안해질 것 같습니다."

그러더니 노숙은 의관을 정제하고 도응에게 정중히 예를 갖추더니 낭랑하게 말했다.

"이 노숙, 전부터 공자의 명성을 흠모해 온 지 오래입니다. 비록 불민한 재주이오나 공자께서 내치지 않고 거두어주신다면 당장 성중의 재물과 전답을 모두 마을 사람에게 나눠주고 공자를 따라 대사를 도모하고 싶습니다."

도응은 당장이라도 달려가 노숙의 손을 잡고 기뻐 춤을 추고 싶었다. 하지만 한 번 더 그를 떠보자는 마음에 심드렁하게 말했다.

"이 많은 가산을 모두 버리고 소장을 따라 대사를 도모한다고요? 허허, 장난이 지나치십니다."

이 말에 노숙은 정색을 하고 크게 소리쳤다.

"공자는 지금 이 말이 장난으로 들리십니까? 소생이 사람을 잘못 봤나 봅니다. 공자와 연합해 원술군을 죽인 마당에 지금 이 몸은 구강에 머물 수 없으니 소패에 있는 유비 공이나 찾아 떠나렵니다."

노숙이 화가 나 옷을 떨치며 돌아서려 하자 도응이 급히 그의 손을 잡고 사죄하며 말했다.

"소장이 어리석게도 소인의 마음으로 군자의 뜻을 헤아리려 했습니다. 너무 크게 책망 마십시오. 사실 선생의 대명은 전부터 익히 들었습니다. 이번에 이렇게 만나게 되어 소장의 마음은 기쁘기 한량없습니다. 선생께서 절 버리지 않는다면 원컨대 이 도응의 군사(軍師)가 되어주십시오. 선생의 가르침을 달게 받고 맹세코 선생을 저버리지 않겠소이다."

도응이 진심을 담아 간절하게 청하자 노숙도 이내 웃음을 지으며 기꺼이 이를 받아들이고, 천하를 도모하는 데 힘을 보태겠다고 대답했다.

황의가 이끄는 5백여 명의 원술군은 대부분 군자군의 화살에 목숨을 잃었지만 요행히 10여 명이 숲 속으로 달아나 군자군의 추격을 피할 수 있었다. 이들이 동성으로 달려가 손책에게 이 상황을 보고할 테니 이 마을에서 오래 머물기는 어려웠다.

이번 전투에서 8명이 부상을 당하고 화살을 대량으로 소모한 군자군 장병들은 즉시 전장을 정리하고 필요한 물자들을 챙겼다. 그리고 노숙은 토지 문서를 마을 사람들에게 모두 나눠준 후, 성안에 산더미처럼 쌓인 식량을 가리키며 원하는 대로 가져가라고 말했다.

노숙은 확실히 부자가 틀림없었다. 성벽 높이보다 높이 쌓인 식량 더미는 족히 6천 휘(斛)는 넘었다. 현대의 기준으로 따지면 3만 6천 킬로그램으로, 3백여 마을 사람들이 어깨에 걸머메고 등에 져도 채 3분의 1을 가져가지 못했다. 그러자 노숙은 도응을 찾아가 말했다.

"공자, 군자군 장병들에게 식량을 필요한 만큼 가져가도록 하십시오. 나머지는 불을 놓아 전부 불사를 생각입니다."

그러자 옆에 있던 도기가 펄쩍 뛰며 말했다.

"네? 전부 불사른다고요? 군사, 너무 아깝습니다. 저 정도 식량이면……."

노숙이 담담하게 말했다.

"재물은 신외지물(身外之物)인데 남겨두어 어디에 쓰겠습니까? 더구나 곧 있으면 손책군이 들이닥칠 텐데 그들에게 군량을 바칠 일은 없잖습니까?"

노숙의 말이 일리가 있었지만 도기는 여전히 고개를 젓고 탄식했다. 이런 난세에 목숨보다 소중한 양식을 버리겠다니, 도기로서는 아까워 미칠 지경이었다. 도기가 계속 머뭇머뭇하자 도응이 큰소리로 꾸짖었다.

"군사의 말을 듣지 않고 왜 가만히 서 있는 것이냐? 얼른 시행하지 못할까! 가지고 갈 수 있을 만큼 챙기고 전마를 배불리 먹인 다음 불을 질러 모두 태워 버려라."

도기는 마지못해 응낙하고 병사들에게 도응의 명을 전했다. 도기가 자리를 뜨자 도응은 노숙에게 진지하게 말했다.

"군사의 가업을 망친 건 다 못난 내 탓이오. 후에 이 몸이 뜻을 펼치는 날, 군사에게 반드시 백배로 보답하리다."

"그런 말씀 마십시오. 공자께서 신을 신임하여 이런 중임을 맡기신 것만도 감격스럽기 그지없습니다. 참, 조금 전에 아군이 손책군과 정면 대결을 펼치지 않고 저들의 진군 속도를 늦출 계획이라고 하셨잖습니까? 그렇다면 신에게 한 가지 계책이 있습니다. 우리가 손책군의 배후로 돌아가 양도를 끊을 수도 있다고 계속해서 위협을 가하는 겁니다. 그러면 저들은 속도를 줄일 수밖에 없고, 아예 진군을 멈추고 군대를 돌려 우리와 교전해 올지도 모릅니다."

"나 역시 그런 생각을 했었소. 다만 동성 후방의 지형이 어떤지 잘 몰라 결정을 내리지 못하고 있소. 지세가 널따랗다면 기병을 운용하는 데 유리해 마음 놓고 돌아가겠지만 산림이나 하천이 밀집돼 있어 지형적으로 불리하다면 그리 큰 효과를 보지 못할 것이오."

"염려 마십시오. 이 일대의 지형은 아군에게 매우 유리합니다."

노숙은 얼굴에 미소를 짓고 소매 안에서 두루마리 하나를 꺼냈다. 두루마리를 펼치자 그 안에는 매우 상세하고 꼼꼼한 지도가 그려져 있었다.

"숙이 어려서부터 이곳저곳 놀러 다니기를 좋아해 일찌감치 동성 부근의 산천을 제 집 드나들 듯했습니다. 또한 어디에 군사를 주둔하고, 어디에 영채를 차리면 좋은지 연구하려고 일이 없을 때마다 동성과 종리(鍾離) 일대를 다니며 산천 지리를 여기에 그렸습니다. 훗날 써먹고자 바랐는데 오늘 공자를 만나 숙원을 이뤘습니다."

도응은 지도를 건네받아 보고 크게 기뻐하며 손뼉을 쳤다. 지도에는 구강군 동부의 지형이 자세히 그려져 있을 뿐 아니라 노정과 원근, 산세, 천험 요새, 강줄기의 주석까지 상세히 달려 있었다.

"이 지도를 얻은 것은 3천 군마를 얻은 것보다 낫고, 자경을 얻은 것은 십만 대군을 얻은 것보다 낫소이다!"

이때 노가의 백성들이 짐을 모두 챙겨 떠날 채비를 갖추자, 노숙은 노가에 곧 위험이 닥칠 것이니 가능한 한 멀리 이주했다가 전란이 지나가면 고향으로 다시 돌아오라고 권했다. 도응도 이들에게 삶의 터전을 빼앗아 미안하다고 사죄한 후 편지한 통을 건네며 광릉으로 가 이를 보이면 반드시 후대할 것이라고 말했다.

이들은 노숙과 눈물로써 작별한 뒤 고개를 넘어 멀리 타향으로 떠났다. 그런데 청년 30~40명이 마을을 떠나지 않고 노숙과 함께 끝까지 싸우겠다고 간청하자 도응도 이를 거절하지 못하고 이들을 군자군에 편입시켰다.

　군자군 또한 군량과 무기를 챙기고 모든 채비를 마치자, 노숙은 친히 성보를 불사르고 뒤도 돌아보지 않은 채 당당하게 군자군 대열에 합류했다.

　도옹과 도기는 물론, 군자군 누구라도 맹렬하게 활활 타오르는 불길과 홀로 태연자약하게 말을 몰아가는 노숙을 바라보며 탄복하지 않을 수가 없었다.

第八章
동성회전

　동성 주변 지리에 밝은 노숙이 길 안내자로 나서자 군자군의 행군 속도에도 탄력이 붙었다.

　그날 밤 군자군은 겨우 한 시진 만에 20여 리를 달려 동성 서남부로 우회해 들어갔다.

　한편 황의의 패전 소식을 듣고 급히 출동한 손책군은 널려 있는 아군 시체와 잿더미로 변한 성보를 바라보며 분통한 마음에 이를 바득 갈았다.

　동성 서남부에서 하룻밤을 노숙한 군자군은 다음 날 아침 다시 북상해 마침내 손책군이 지나간 관도로 접어들었다. 이제는 군자군이 손책군을 뒤따르는 형국이 돼버린 것이다. 도응은 길가의 농민으로부터 손책이 친히 이끄는 부대가 어제 오후 이곳을 지나갔다는 얘기를 듣고 어젯밤쯤에는 동성에 도착했을 것으로 짐작했다.

이에 도응은 즉시 노숙과 도기를 불러 다음 작전을 논의했다.

도기가 먼저 입을 열었다.

"형님, 잠시 손책군 공격을 늦추는 건 어떨까요? 군사가 친히 그린 지도로 봤을 때, 구강군과 광릉군 접경 지대인 동성의 지형이 너무 복잡합니다. 산도 많고 숲도 많아 아군이 치고 빠지는 작전을 펼치기 불리합니다. 차라리 손책군을 자극하지 말고 조용히 뒤만 따라가다가 고당(古塘)에 이르렀을 때 적을 교란합시다. 그곳은 지세가 탁 트여 아군에게 유리합니다."

도응은 잠시 고민하더니 고개를 가로저었다.

"고당이 군자군에게 유리한 지세라고는 하나 손책은 그리 어리석은 인물이 아니다. 군자군의 작전이 드러난 상황에서 손책이 만약 우리를 무시하고 광릉으로 곧장 달려간다면 사흘이면 광릉에 도착할 것이다. 그리 되면 장광 장군에게 시간을 벌어주기 어렵다."

노숙도 도응의 의견에 맞장구를 쳤다.

"공자의 말이 일리가 있습니다. 게다가 신이 보기에는 동성 일대가 고당보다 유격전을 펼치기 더 적합합니다. 동성 일대가 군자군의 작전에 장애가 많은 것은 사실이지만 산이 많고 숲이 우거진 지형이라 적의 추격을 피하고 몸을 숨길 곳을 찾기 용이해 전마와 군사의 체력을 아낄 수 있습니다. 반면 고당 이동은 개활지가 많아 아군이 원거리를 계속 치고 빠져야 하기에 전마의 체력이 금방 고갈될 것입니다."

이 말에 도기는 우쭐하며 대답했다.

"그런 것이라면 걱정하지 않으셔도 됩니다. 우리의 흉노마는 천하에서 지구력이 가장 뛰어난 데다 군자군 장병들도 고된 훈련을 이겨낸 자들이라 체력에는 문제가 없습니다."

그러자 도응은 아우를 크게 꾸짖으며 말했다.

"힘은 아껴둘수록 좋은 것이다! 이 싸움이 사흘 밤낮 싸우면 끝나는 줄 아느냐? 광릉의 준비가 열흘이 걸릴지, 보름이 걸릴지 모르는 상황이란 말이다!"

도응의 꾸중에 도기가 감히 입을 열지 못하자 노숙이 슬쩍 미소를 지으며 말했다.

"신에게 한 가지 더 좋은 계책이 있습니다. 이번 군자군의 출격 목적이 광릉의 수성 준비 시간을 벌어주기 위한 것 아닙니까? 신이 이곳 출신이라 손책의 명성은 익히 들어 알고 있습니다. 그가 용맹하고 싸움에 능하긴 하지만 성미가 불같아서 일단 격노하면 화를 쉽게 거두지 못합니다. 따라서 그의 화를 돋우기만 한다면 손책군은 필시 우리를 추살하려 달려들 것입니다."

이 계책에 도응이 손뼉을 쳤다.

"오, 그거 정말 좋은 생각이오. 전군이 곧장 동성으로 달려가 손책이 출전하도록 유인합시다!"

도응은 작전 회의를 마치고 군자군에게 당장 동성으로 진격하라고 명했다. 군자군은 관도를 따라 채 한 시진도 안 걸려 동성 서문 밖 10리까지 접근했다.

이때 마침 몸을 피하지 못한 손책군 척후병 둘을 잡았는데, 도응은 손책의 화를 돋울 목적으로 이들의 귀와 코를 베어 동성으로 돌려보냈다.

군자군이 동성 가까이 다가가자 동성 서문이 활짝 열리며 4천여 손책군이 성에서 달려 나왔다. 중앙 대기에는 과연 '손(孫)'이라는 글자가 커다랗게 쓰여져 있었다.

이 군대는 상당히 위용이 넘쳤는데, 특히 손책을 빽빽이 둘러싼 천여 중군은 하나같이 기세가 비범하고 절도가 넘치며 급히 달려오는 가운데서도 완벽한 대형을 유지했다.

이들은 손견이 아들 손책에게 남긴 강동 정예병이 틀림없어 보였다.

이 광경을 지켜보던 도기가 코웃음을 치며 말했다.

"흥, 겨우 4천여 명이로군요. 손책도 착융처럼 유인해 광릉대전의 기적을 재연해 봅시다."

도웅은 고개를 흔들며 도기에게 분부했다.

"손책은 결코 착융과 같은 무리가 아니다. 게다가 적진에는 정보, 한당, 황개 같은 백전노장이 버티고 있다. 절대 경거망동해서는 안 된다. 내 단 한 번의 기회를 만들 터이니 그때 네가 경기병을 이끌고 기습공격을 가하여 손책을 꼭 사로잡아야 한다. 그리고 군사들에게 살촉에 말똥을 바르도록 명한 건 잊지 않았겠지?"

사실 이는 흉노가 로마를 정벌할 때 써먹은 수법이었다. 말똥에는 파상풍을 일으키는 병균이 있어서 화살에 맞고 그 자리에서 죽지 않더라도 결국에는 파상풍에 감염돼 시름시름 앓다가 목숨을 잃고 만다.

이는 오두독(烏頭毒)을 바른 효과에 버금가 화살이 곧 흉기가 돼버린다. 도웅은 원래 착융을 토벌할 때 이 방법을 쓰려했지만 서주군에게 차마 그럴 수는 없어서 지금 시도하게 된 것이다.

도웅은 도기에게 명을 내린 후 손책군을 향해 서서히 다가갔다. 손책군도 성을 나와 대열을 맞춰 전진하며 도웅군을 맞이했다.

도웅은 손을 들어 군자군의 행군을 멈춘 후 노숙을 대동하여 앞으로 나아갔다. 손책 진영에서는 적에게 위압감을 주기 위해 네 명이 한꺼번에 앞으로 나왔다.

맨 앞의 장수는 나이 스물 정도에 기골이 장대하고 손발이 길었으며 얼굴선이 거친 것이 딱 봐도 강동 소패왕 손책이었다. 그 옆에는 손책과 비슷한 나이에 미목이 준수하고 풍채가 수려한 것이 주유가 틀림없었다. 그밖에 머리카락과 수염이 허옇고 신체가 우람한 양원 대장은 정보, 한당, 황개 중 두 장수가 분명했다.

손책은 발걸음을 멈추고 큰소리로 외쳤다.

"어제 우리 군사가 궁전만을 사용하는 적에게 대패했다고 하더니, 그대가 바로 도응이구려!"

도응도 앞으로 나가 예를 갖추고 대답했다.

"소인이 바로 도응입니다. 장군은 천하에 명성이 자자한 그 손책 장군이십니까?"

"그렇소. 내가 바로 손책이오!"

"장군의 대명을 들은 지 오래였는데 이렇게 뵙게 되어 크나큰 영광입니다. 곁에 있는 세 장수는 누구십니까?"

"이쪽은 내 오랜 지기인 주유요. 이쪽은 한당, 이쪽은 황개 장군이오."

도응은 황개, 한당을 향해 예를 갖춰 말했다.

"두 장군의 명성은 익히 들어 알고 있습니다. 사수관(泗水

關) 전투에서 두 분 장군과 손견 장군의 활약으로 무용이 절
륜한 화웅조차 성문을 걸어 잠그고 감히 출전하지 못했었지
요."

입에 꿀을 바른 듯한 도응의 칭찬을 듣고 손책이 크게 소리
내 웃더니 낭랑한 목소리로 물었다.

"도 공자 곁에 있는 분은 누구십니까?"

"노숙 선생입니다. 과분하게도 현재 군자군의 군사를 맡고
계십니다."

노숙이 공수하여 예를 갖추자 손책이 주유를 가리키며 말
했다.

"아, 그랬구려. 노숙 선생의 대명은 공근에게 귀가 따갑도
록 들었소. 어제 황의가 노가성을 노략질했다는 얘길 듣고 공
근이 얼마나 발을 동동 굴렀는지 아시오? 그런데 다행히 몸을
빼쳐 군자군의 군사가 되었구려."

주유도 노숙에게 예를 갖추고 간곡하게 말했다.

"선생의 명성은 익히 들어왔는데 오늘 뵙게 돼 영광입니다.
그리고 어제 일로 심려를 끼쳐드려 죄송할 따름입니다. 하지
만 한 가지만 꼭 알아주십시오. 황의는 본래 원윤의 부장으로
성격이 방종하여 백부 형장의 명을 전혀 따르지 않았습니다.
어제 약탈도 제멋대로 나가 저지른 일이어서 백부 형장도 손
을 쓸 수가 없었습니다."

노숙도 주유에게 답례하며 괜찮다는 뜻을 표했다.

도응과 손책 양측은 적수가 아니라 마치 헤어진 지기를 오랜만에 만난 듯 한껏 예를 갖추며 서로를 치켜세우기 바빴다. 이때 손책과 주유가 잠시 눈빛을 교환하더니 주유가 고개를 끄덕였다. 이어 손책이 큰소리로 도응에게 말했다.

"도 공자, 노숙 선생, 이제 잡담은 그만두고 본론으로 들어갑시다. 그대들이 우리 후방으로 돌아간 것은 아군의 양도를 끊기 위한 것임을 잘 알고 있소. 하지만 이번에 우리 군대는 족히 세 달 치 군량과 충분한 무기, 치중을 싣고 와 수춘에서 굳이 지원을 받을 필요가 없소. 그대들의 이번 계획은 아무래도 헛수고로 돌아간 것 같소."

도응은 이 말에 잠시 멍한 표정을 짓더니 손책에게 물었다.

"장군의 가르침은 감사합니다만 굳이 이런 정보를 알려주는 의도가 무엇입니까?"

손책이 웃음을 지으며 대답했다.

"도 공자, 거래를 한 번 해보는 건 어떻겠소? 그대가 광릉을 우리에게 넘겨주면 우리도 군자군을 놓아주겠소. 그런 연후에 회하를 경계로 영원히 서로 침범하지 않는 것이오."

도응은 어이가 없었지만 여전히 웃음 띤 얼굴로 예를 갖춰 말했다.

"농담이 지나치십니다. 제가 이 제안에 응낙하면 장군만 이

득을 보는 것 아닙니까?"

이 말에 손책은 자신만만한 어조로 응수했다.

"그대에게는 선택권이 없소. 그대의 최대 실수는 우리 후방으로 돌아갔다는 것이오. 그대의 위치를 한 번 보시오. 동쪽은 우리 대군이 가로막고 있고, 서쪽은 좌장군 원술의 주력 부대가 버티고 있어서 그대의 기병이 운신할 폭은 매우 좁소. 또 남쪽으로는 산림과 장강이, 북쪽으로는 숲이 우거져 절대 우리 보병을 따돌리지 못할 것이오. 사방이 포위된 데다 식량도 원군도 없는데 만약 내 제안을 받아들이지 않는다면 깃발을 한 번 흔들어 8백 기병을 모조리 저승으로 보내 버릴 것이오!"

곁에 있던 주유도 손책을 거들었다.

"백부 형장의 제안을 받아들인다면 부친인 도 사군에게도 좋은 일이 될 것입니다. 서주는 사방이 적에게 공격받기 쉬운 지형입니다. 여기에 조조와 원소 등이 호시탐탐 서주를 노리고 있고, 또 단양태수 오경을 핍박해 원술 장군의 화를 건드려 사방이 온통 적뿐인 형국입니다. 이 상황에서 공자가 부친을 위해 광릉을 백부 형장에게 양보하고 아군과 맹약을 체결한다면, 조조든 원소든 누구라도 서주를 침공할 경우 우리가 곧장 북쪽으로 달려가 서주군과 함께 적을 막아낼 수 있습니다."

주유는 여기까지 말하고 잠시 숨을 고르더니 미소를 지으며 말을 이었다.

"그때가 되면 공자가 다시 서신을 가지고 조조 진영에 들어가거나 기름 솥에 뛰어들지 않아도 될 것입니다."

한당과 황개도 한마디씩 거들며 도응이 이 제안을 받아들이도록 압박했다. 물론 도응과 노숙은 서로의 얼굴을 바라보며 가소로운 웃음을 지었다. 도응이 아무 반응이 없자 주유가 다시 한 번 설득에 나섰다.

"급할 것이 없으니 두 분은 천천히 상의하십시오. 귀가 번쩍 뜨일 제안이긴 합니다만 혹여 조건이 있다면 허심탄회하게 말씀하시고요. 백부 형장과 제가 귀담아 들어드리겠습니다."

주유의 말에 도응은 코웃음을 치며 도대체 저들이 이런 말을 하는 저의가 무엇인지 곰곰이 따져보기 시작했다. 이때 곁에 있던 노숙이 아차하고 소리를 지르며 낮은 목소리로 도응에게 말했다.

"손책과 주유가 일부러 시간을 끄는 걸로 보아 다른 의도가 있는 듯합니다. 어제 손책이 장수 셋을 대동했다고 하지 않았습니까? 그런데 한 명이 보이지 않습니다."

이 말에 도응이 순간적으로 반응을 보이며 '정보!' 라고 나지막이 소리를 질렀다. 노숙은 아무런 기색도 드러나지 않고 도응에게 속삭였다.

"군자군이 치고 빠지는 전술에 능하다는 것을 손책과 주유가 이미 들어 아는 것은 물론 어제 직접 겪기도 했습니다. 이에 군자군을 골수에 박힌 우환거리로 여겨 우리의 퇴로를 끊고 몰살하려는 생각이 분명합니다."

"지형을 보아 하니 남쪽의 숲이 더 우거져 북쪽보다 군사를 매복하기에 유리하오. 정보는 십중팔구 남쪽에서 쳐들어올 테니 군사는 몰래 도기에게 잠시 후 북쪽으로 향할 것이라고 일러두시오."

도응은 노숙에게 이렇게 분부한 후 말을 몰아 앞으로 몇 발짝 나가더니 갑자기 채찍을 들어 손책을 가리키며 큰소리로 꾸짖었다.

"이 무군무부(無君無父)하고 불충불효한 손책 도적놈아! 어찌 번지르르한 거짓말로 사람을 속이려드느냐!"

방금 전까지만 해도 깍듯이 예를 갖추던 도응이 갑자기 얼굴을 바꿔 욕을 해대자 손책과 주유 등은 깜짝 놀란 표정을 지었다. 하지만 정보에게 시간을 벌어줘야 하는 손책은 노기를 억누른 채 억지로 웃음을 띠고 말했다.

"도 공자, 내 그대를 군자로 공경하고 좋은 말로 권했는데 어찌 이리 거친 말을 퍼부으시오? 세상 사람들에게 예의 없는 자라고 비웃음을 살까 두렵지도 않소?"

하지만 도응은 이에 아랑곳하지 않고 계속해서 욕설을 퍼부었다.

"예의 없는 것이 불충불효하고 의리 없는 것보다 백배는 낫다! 내 너를 진심으로 대했는데 네놈은 어찌하여 날 기망하려드는 것이냐! 입에서 나오는 말이 어찌 전부 거짓이란 말이냐!"

순간 손책은 얼굴빛이 변하며 자기도 모르게 창 손잡이를 불끈 쥐었다. 곁에 있던 주유가 이를 보고 재빨리 손책의 손을 잡으며 낮은 목소리로 일렀다.

"백부, 조급해하지 마십시오. 정보 장군이 저들을 포위하려면 아직 시간이 좀 더 필요합니다. 제가 나가서 도응 놈을 상대하겠습니다."

주유는 이렇게 말하고 말을 몰아 앞으로 몇 발짝 나가더니 크게 소리쳤다.

"도 공자, 백부 형장이 무슨 말로 그대를 속였는지 한 번 들어나 봅시다."

도응은 저들의 협공 작전을 알고 있었지만 이를 밝힌다고 해서 군자군에 하등 유리할 것이 없었기 때문에 일부러 다른 말을 꺼냈다. 지금으로서는 손책을 미쳐 날뛰게 만드는 것이 무엇보다 중요했다.

"너희들이 석 달 치 양식을 싣고 와서 내가 양도를 끊는 것이 두렵지 않다고? 흥, 누구를 세 살 먹은 어린애로 아는 것이냐! 너희 8천 군사가 세 달을 버티려면 설사 전원 보병이라 해도 양식 4만 8천 휘가 필요하다. 수레당 쌀 60휘를 실을 수 있다고 봤을 때 양거(糧車) 8백 대가 필요한데, 내 조사해 보니 네놈들 양거는 기껏해야 4백 대밖에 되지 않는다! 그렇다면 8천 무리가 매일 죽만 먹고서 세 달을 버티겠단 말이냐?"

도웅의 날카로운 지적에 손책과 주유 등은 할 말을 잃고 꿀 먹은 벙어리가 되고 말았다.

도웅은 이 틈을 놓치지 않고 손책을 큰소리로 꾸짖었다.

"전장이야 본래 서로 속고 속이는 것이니 졸렬한 속임수로 날 속였다 해서 널 탓하지는 않겠다. 하나 사람은 세상을 살면서 마땅히 충효를 근본으로 삼아야 한다. 그런데 너는 대대로 한나라의 녹을 먹는 신하로 나라에 충성하지 않고 도리어 원술의 앞잡이가 되어 한나라의 성지를 침범하고 한의 백성을 해했으니, 이것이 곧 불충이다! 네 부친인 파로장군(破虜將軍) 손견은 군대를 일으켜 동탁을 토벌해 싸우는 전투마다 대승을 거두고 큰 공을 세우기 일보 직전이었다. 당시 남양태수(南陽太守)였던 원술이 네 부친의 전공을 시기하여 제때 양초를 공급하지 않아 네 부친은 거의 다 이룬 공이 수포로 돌아가고 대장 조무(祖茂)마저 잃고 말았다. 그런데 손견의 아들인 너는 부친의 원한을 갚을 생각은 하지 않고 도리어 원수의 주구가 되어 생령들을 해치고 도적을 아비로 여기니, 이것이 바로 불효다! 또 네 부친이 죽은 후 너는 광릉에 기거하며 내 부친의 태산 같은 은혜를 입었는데도 이에 보답할 마음은 먹지 않고 오히려 간악한 무리들과 작당하여 반역을 도모했다! 서주에서 쫓겨난 후에는 추호도 잘못을 뉘우치지 않고 도리어 원술을 도와 지금 광릉을 빼앗으러 오지 않았느냐! 네 부친과 조무 장군의 원수인 원술에게 아첨이나 떠는 놈이 장차 구천에 가서 그분들을 뵐 낯이라도 있단 말이냐! 불인과 불의가 이 지경에 이른 자는 세상에 너밖에 없을 것이다!"

도응의 원색적인 욕지거리에 격노한 손책은 얼굴이 붉으락푸르락하며 도응을 채찍으로 가리켰다.

"도응 놈아, 맹세코 내 손으로 네놈을 도륙하고 말겠다—!"

성격 급한 손책은 더 이상 참을 수 없었는지 두 눈이 시뻘겋게 충혈돼 손으로 창을 꽉 쥐고 말을 몰아 도응에게 달려나가려고 했다.

이때 주유, 한당, 황개가 급히 손책을 제지하며 그의 앞길을 가로막고 도응의 잔꾀에 넘어가지 말라고 권유했다. 손책은 분한 마음을 가눌 길이 없어 연신 도응을 죽이겠다고 소리를 질러댔다.

하지만 도응은 채찍을 휘두르며 계속해서 손책을 도발했다.

"손책 놈아, 함부로 날뛰지 말라! 네 스스로 무용이 뛰어나다고 과시하지 않았느냐? 또 네놈이 광릉을 양보해 달라고 요청했으니 내 기회를 한 번 주겠다. 나와 십 합을 겨뤄 내 칼을 모두 받아낸다면 내 즉시 말에서 내려 네게 항복하고 네 처분을 달게 받겠다. 네놈이 진정한 남아라면 당장 나와서 나와 겨뤄보자꾸나!"

이 말에 참고 있던 분노가 드디어 폭발한 손책은 대갈일성을 지르며 주유 등을 말에서 밀치고 단칼에 도응의 목을 벨 기세로 앞으로 달려 나갔다. 손책은 창을 꼬나들고 곧장 도응에게 달려들며 벽력같은 소리로 외쳤다.

"도응 놈아, 당장 목을 내놓아라!"

손책이 달려 나오는 모습을 본 도응은 속으로 옳다구나 쾌재를 불렀다. 그는 잽싸게 말 머리를 돌려 본진으로 도망쳤다. 흥분한 손책은 도응이 달아나는 것을 보고 급히 그의 뒤를 쫓았다.

그런데 이때 군자군 깃발이 올라가며 중기병 뒤에 있던 도기의 경기병 백여 기가 갑자기 앞으로 말을 달려 나오며 일제히 손책을 향해 화살을 메겼다. 그제야 손책은 적의 계략에 빠졌음을 깨달았지만 이미 늦고 말았다.

"백부—!"

"소장군—!"

미처 손쓸 틈이 없었던 주유와 황개가 이 모습을 안타깝게 바라보며 동시에 처절한 비명을 질렀다.

"소장군, 조심하십시오!"

가장 빠르게 반응한 건 한당이었다.

한당은 빠르게 말을 달리며 다급히 손책을 불렀다. 그러나 채 손책 가까이 가기도 전에 군자군의 화살이 손책을 향해 날아들었다.

그래도 소패왕은 소패왕이었다. 군자군이 화살을 난사하자 손책은 급박한 와중에도 재빨리 꾀를 내어 창을 버리고, 몸을 옆으로 기울여 말 배 쪽으로 몸을 숨겼다.

이에 비록 화살을 몇 발 맞았지만 치명적인 화살은 피할 수 있었다.

그러나 그것도 잠시, 손책의 말이 연달아 화살 수십 발을 맞고 고통스런 비명을 지르며 쓰러지자 손책은 그대로 군자군에 노출되고 말았다.

더욱이 운이 없게도 말이 넘어지면서 손책의 왼다리를 눌러 몸을 전혀 움직일 수 없었던 손책은 이내 하늘을 향해 큰소리로 절규했다.

"아, 내 명이 여기서 다하는 것이란 말인가!"

"소장군—!"

죽음을 각오한 손책이 담담하게 군자군의 화살을 맞이하려는 찰나, 손책의 위쪽 하늘이 일순간 어둠으로 덮였다.

바로 그 순간 한당이 달리는 말에서 튀어 올라 공중에서 두 팔을 벌려 마치 활공기처럼 손책에게 몸을 던진 것이다.

이로 인해 손책을 향해 날아가던 군자군의 화살이 대부분 한당의 몸에 박히며 삽시간에 한당은 고슴도치가 되고 말았다.

이 일련의 동작들이 순식간에 벌어지는 통에 사람의 눈으로는 다 따라가지 못할 정도였다.

한당은 죽음에 이르는 순간까지 사력을 다해 손책을 자신의 몸으로 감쌌다.

손책군 진영에서는 이 모습을 보고 눈이 뒤집혀 장병들이 일제히 고함을 지르며 앞으로 달려왔다.

"철수하라!"

손책군이 이미 지척지간까지 돌격해 들어오자 도응은 주저 없이 영기를 휘둘러 퇴각 명령을 내렸다. 속도 면에서는 손책군도 군자군을 따라오지 못했다. 군자군은 재빨리 말 머리를 돌려 빠른 속도로 달아나며 한편으로는 미친 듯이 화살을 쏴대고 한편으로는 대형을 유지해 손책군에게 근접전의 기회를 전혀 주지 않았다.

"죽여라!"

손책군 보기는 함성을 지르며 손책과 한당 곁을 지나 비겁하기 짝이 없는 군자군을 추격해 들어갔다.

구사일생으로 목숨을 건진 손책은 전마에 눌려 있던 다리를 가까스로 빼낸 다음 한당을 안고 그의 몸을 마구 흔들며 목 놓아 부르짖었다.

"한 장군! 한 장군! 빨리 와서 한 장군을 구하라, 빨리!"

머리에서 발끝까지 화살로 가득 박힌 한당은 더 이상 가망이 없었다.

적어도 십여 개 화살은 한당의 가슴과 복부를 꿰뚫었고, 선혈은 한당의 가슴과 손책의 온몸을 붉게 물들였다.

워낙 몸이 강건한지라 그 자리에서 목숨이 끊어지진 않았지만 손책이 가까스로 한당의 몸을 뒤집자 한당은 손책에게 힘겹게 미소를 지은 후 입에서 피를 토하며 그대로 머리를 떨어뜨렸다.

주군의 몸에 머리를 떨군 한당은 결국 군자군의 화살에 희생양이 되고 말았다.

손책은 가슴이 찢어지는 고통에 미친 사람처럼 괴성을 토해냈다.

그리고 그 소리가 전장에 가득 울려 퍼졌다.

"한 장군! 한 장군—!"

주유도 다급히 달려와 한당을 껴안고 울부짖었다.

"한 장군! 모든 것이 다 내 잘못이오! 도응 놈이 이렇게 간악한 술수를 쓸지 정말 꿈에도 몰랐소. 백부에게 도응과 얘기를 나누도록 권하는 것이 아니었는데. 모든 것이 다 내 잘못이오, 흑흑!"

"의공(義公)! 의공―!"

의공은 한당의 자다. 노장군 황개도 한당에게 달려와 슬픔을 억누르지 못하고 울부짖었다.

수십 년 동안 함께 전장을 누빈 전우의 처참한 모습이 눈에 들어오자 의연하고 강건한 황개조차 두 눈에서 피눈물을 쏟으며 하늘을 향해 울분을 터뜨렸다.

"내 이 도응 놈을 갈기갈기 찢어버리고 말리다!"

손책은 크게 소리를 지르며 여러 군데 화살을 맞은 자기 몸은 돌아보지도 않은 채, 황개의 전마를 빼앗아 창을 꼬나들고 군자군을 향해 돌진했다.

이에 황개와 주유는 대경실색하며 급히 군사를 이끌고 그의 뒤를 쫓았다.

십여 일 전 광릉 전투와 마찬가지로 군자군은 당대로서는 혁명적인 마구를 무기로 말을 타고 달아나며 한편으로는 몸을 돌려 연신 화살을 발사했다.

말똥을 바른 독화살이 손책군의 돌격 기세를 압도했지만

이미 악이 받칠 대로 받친 손책군 기병은 군자군 놈들을 모두 죽이고 말겠다는 기세로 군자군의 후미를 끝까지 따라붙었다.

한편 손책의 뒤를 바짝 따르던 주유는 남몰래 기도하고 있었다.

"정보 장군, 모든 건 장군 손에 달렸소이다. 제발 이미 도응 놈의 후방으로 돌아가 이 죽일 놈의 퇴로를 막아주십시오. 그렇지 않으면 우리는……."

주유의 기도가 채 끝나기도 전에 그의 눈이 휘둥그레지는 일이 벌어졌다.

계속 뒤로 추격을 당하던 군자군이 갑자기 반호를 그리며 점점 북쪽으로 달아나는 것이 아닌가?

마침 남쪽 후방에서 몸을 숨기고 뛰쳐나갈 기회만 노리고 있던 정보는 닭 쫓던 개 신세가 되고 말았다. 이 광경을 지켜보던 주유는 돌연 비명을 질러댔다.

"악! 우리 군대가 뒤로 돌아가 포위할 줄 도응 놈이 벌써 눈치채고 있었단 말인가? 내 이놈을 너무 얕봤구나!"

군자군이 홀연 북쪽으로 달아나자 정보는 눈만 멀뚱멀뚱 뜬 채 그 모습을 바라보았고, 손책의 선봉도 군자군을 따라 방향을 전환하면서 진용이 크게 어지러워졌다.

평소 같았으면 손책도 군대를 거두었겠지만 지금은 상황이 달랐다.

이미 눈이 붉게 충혈된 손책은 주유와 황개의 권유마저 무시한 채 대오를 이끌고 미친 듯이 군자군을 추격했다.

"도응 놈아, 멈춰라! 자신 있으면 나와 삼백 합을 겨뤄보자!"

손책이 분노가 극에 달해 고함을 질러댔지만 군자군은 여전히 추격군에게 거리를 허용하지 않고 달아나며 화살만 날릴 뿐이었다.

몇 차례 실전을 통해 군자군의 사격 적중률은 갈수록 높아져 뒤를 따르던 손책군 진영에서는 처량한 비명 소리만 계속 흘러나왔다.

노숙의 안내에 따라 군자군은 산길을 제집 마당 지나가듯 통과해 동성 서북부의 구릉지대로 진입했다. 상대적으로 협소하고 울퉁불퉁한 길이었지만 편자를 장착한 흉노마의 속도에 거의 영향을 주지 못했다.

반면 손책군 기병이 타는 대완마는 말굽에 자꾸 잔돌이 박히면서 전진 속도가 눈에 띄게 느려졌다. 보병은 제 속도를 내며 전진했지만 속도가 생명인 군자군을 보병이 따라잡을 수는 없는 일이었다.

손책은 점점 더 멀어져 가는 군자군 기병을 바라보면서 끝내 말고삐를 잡아당겼다. 그는 분한 마음에 입술을 깨물며 연신 중얼거렸다.

"도응 놈을 내 손으로 반드시 죽이고 말 테다! 꼭 이 손으로 죽이고 말겠어!"

그러더니 갑자기 말에서 내려 대성통곡하며 다시 한 번 한당의 죽음을 애통해했다. 주유가 다가와 손책의 어깨에 손을 얹고 탄식했다.

"백부, 죽은 사람은 다시 살아 돌아오지 못하니 이제 그만 눈물을 거두십시오. 아무래도 우리가 상대를 잘못 고른 듯합니다. 도응이 지상담병이나 지껄이는 서생 놈이라 광릉을 쉽게 손에 넣을 줄 알았는데, 우리 생각이 틀렸습니다. 도응 놈은 양가죽을 뒤집어쓴 늑대였습니다!"

손책은 주먹으로 땅바닥을 내려치며 광분해 소리를 질러댔다.

"오늘의 원한을 갚지 못한다면 내 어찌 한 장군을 볼 낯이 있단 말이냐! 전군은 성으로 돌아가 하룻밤을 쉰 후 내일 곧장 광릉으로 진격한다. 이제 도응이 어찌 나오는지 두고 보리다!"

'광릉으로 곧바로 진격한다고?'

이 말을 듣는 순간, 주유의 미간이 찌푸려졌다. 무의식중에 동성 이동의 개활지와 군자군의 공포스런 기동력이 떠올랐기 때문이다.

그러나 다시 생각해 보니 손책의 이 결정은 절대 분노 속에서 나온 말이 아니었다.

오히려 매우 뛰어난 작전이었다.

군자군이 아군의 양도를 노리는 상황에서 만약 양도를 보호한답시고 군자군과 지형이 복잡한 동성 일대에서 교전을 벌인다면 여우보다 교활한 군자군을 몰살시키기 어려울뿐더러 귀중한 시간과 양초를 헛되이 낭비하는 꼴이 되고 만다.

따라서 유일한 방법은 광릉으로 곧장 진격해 군자군이 광릉을 구하러 가도록 압박하는 것이었다. 그래야만 군자군의 유격전을 최대한 비켜갈 수가 있다.

게다가 주유는 소수만이 아는 손책군의 비밀을 알고 있었다.

그것은 바로 이번 동정에 더 이상 후속 양초를 바랄 수 없어서 양도를 지킬 필요가 전혀 없다는 것이었다!

한편 손책군의 추격을 따돌린 군자군은 전마에게 휴식을 주기 위해 말에서 내려 말을 끌고 걸어갔다.

그제야 한숨을 돌린 도응은 노숙과 나란히 걸으며 웃으면서 물었다.

"군사, 오늘 우리 군자군과 손책군의 전투를 어찌 보셨소?

군자군의 작전이 너무 비루하고 광명정대하지 못하다는 생각이 들진 않았소?"

노숙은 돌부리를 만났는지 갑자기 흥분한 말을 진정시킨 후 대답했다.

"사람 목숨이 왔다 갔다 하는 전장에서 광명정대가 웬 말입니까? 그렇다면 작전은 필요 없는 것이지요. 서로 속고 속이는 싸움에서 계략을 쓰는 것은 당연합니다."

도응은 크게 소리 내 웃으며 노숙의 대답에 만족감을 표했다.

"하하, 그대를 군자군의 군사로 삼은 건 내 평생에 가장 잘한 결정이었소!"

이때 노숙이 잠시 망설이다가 말을 꺼냈다.

"그런데 한 가지 걱정되는 것이 있습니다. 오늘 저들이 우리와 이야기를 나누는 척하며 우리 뒤를 끊으려 하지 않았습니까? 비록 우리가 적시에 이를 간파해 함정에 빠지진 않았지만 이는 한 가지 사실을 분명히 말해주고 있습니다. 손책이 아군의 전술을 어느 정도 이해해 다음에 어떻게 나올지 알고 미리 함정을 팠다는 사실입니다."

도응도 고개를 끄덕이며 말했다.

"나도 그런 생각이 들었소. 군자군의 전술이 적에게 간파당하는 것은 예상한 일이지만 이렇게 빠를 줄은 몰랐소. 손책은 천하의 영웅인 데다, 지략이 뛰어난 주유는 물론 황개, 정보 같은 명장도 보유하고 있어서 생각만큼 쉽지 않은 싸움이 될 것 같소이다.”

도응이 한숨을 내쉬자 노숙이 미소를 띠며 말했다.

“손책은 야심만만한 자라 남의 밑에 오래 머물 사람이 아닙니다. 그래서 말씀인데, 원술이 만약 손책의 야심을 알아챈다면……”

“아차!”

도응은 갑자기 소리를 지르며 손뼉을 쳤다.

“아, 내가 왜 이간계를 생각하지 못했을까? 손책이 자립하려 한다는 말이 원술의 귀에 들어가면 의심 많은 원술은 틀림없이 손책에게 회군을 명령할 것이오!”

“회군 외에 원술이 일지 군마를 추가로 광릉에 파견할 가능성도 있습니다. 물론 큰 상관은 없습니다. 이 군대의 목적은 광릉 공격이 아니라 손책을 감시하고 견제하는 것일 테니까요. 이리하여 적들 간에 내분이 일어난다면 아무리 손책이라도 발이 묶여 제 실력을 발휘하긴 어려울 것입니다.”

잠시 숨을 고른 노숙은 다시 말을 이었다.

“또 한 가지 가능성이 있습니다. 물론 이것이 우리에게 가장 유리합니다. 원술이 손책에게 회군을 명했는데 손책이 이를 따르지 않아 격노한 원술이 군대를 광릉에 보내 무력으로 회군을 종용하는 것입니다. 그리만 된다면 적을 물리치기란 여반장이 될 것입니다."

"오, 정말 훌륭한 계책이오! 군사는 구강 사람이라 원술과 손책에 대해 잘 알 터이니 어떤 계략으로 이들을 이간질하는 것이 좋겠소?"

노숙은 미소를 지으며 담담하게 대답했다.

"그거야말로 쉽습니다. 천 한 장과 붓 한 자루만 있으면 됩니다."

이에 방을 붙이는 데 전용하는 거친 천을 대령하자 노숙은 길가의 평평한 돌 위에 천을 깔고 그 자리에서 붓을 들어 일필 휘지로 단숨에 내갈겼다.

파로장군 손견의 아들이자 회의교위인 손책은 삼가 신의로써 천하에 알리노라.

회남의 원술은 부덕하면서도 망령되이 존좌에 올라 찬역의 마음을 먹고 황제의 자리를 노린 지 오래라 천인이 공노하고 있다.

지금 나는 순천응인(順天應人)하여 원술의 영을 따르지 않고 자립해 군사를 이끌고 역적을 토벌함으로써 위로는 천자의 은혜에 보답하고 아래로는 만민의 여망을 이루고자 한다.

원술의 부하와 군민이 이 포고문을 본다면 내 의거를 본받아 나와 함께 조정에 보답하고 역적을 토벌하라. 만약 이를 따르지 않는

노숙은 글을 다 쓴 후 붓에 남은 먹을 털고 큰소리로 웃으
며 말했다.

"원술은 의심과 시기심이 많아 이 방문을 본 후 설사 믿지
않더라도 필시 손책에게 군대를 돌리라고 명할 것입니다. 사람
을 시켜 이 방문을 수춘성에 붙이기만 하면 손책에게는 큰 재
난이 닥칠 것입니다."

도응은 기쁜 마음에 노숙의 손을 꽉 잡고 흥분된 목소리로
말했다.

"군사, 그대야말로 하늘이 내게 내린 큰 복이오!"

"이런 과찬은 당치도 않습니다."

노숙은 몸 둘 바를 몰라 하며 겸허하게 대답했다.

하지만 이 순간 도응은 다른 생각을 하고 있었다.

'노숙만으로도 이렇게 천군만마를 얻은 것 같은데, 그를 얻
는다면 얼마나 큰 힘이 될 것인가? 하지만 애석하게도 아직
은 얻을 수는 없단 말이야. 아마 곧 있으면 장안을 탈출할 터
이니 선물을 보내 안면을 터놓을까? 그만 내 손에 들어온다
면 주유나 제갈량, 사마의, 곽가, 순욱이라도 두렵지 않을 텐
데……'

　　　　　＊　　　　　　＊　　　　　＊

　동성 전투에서 손책은 평생 처음으로 힘 한 번 제대로 써보지 못하고 대패를 당했다. 전투 결과, 명장 한당이 화살에 맞아 죽고 사졸 4백 명 이상을 잃었으며 5백이 넘는 병사가 부상을 입었다.

　손책 본인도 치명상은 아니지만 화살을 다섯 군데나 맞아 명성에 큰 흠집을 남겼다.

　그런데도 전과라고는 군자군 병사의 수급을 하나도 베지 못하고 얼마나 되는지도 모르는 군자군 기병을 화살로 맞혔을 뿐이다. 누가 봐도 참패였다.

　만약 다른 사람이었다면 병력이 여전히 절대적으로 우세한 상황에서 분노를 삭이지 못하고 공격에 나서 전세 역전을 꾀했을 것이다.

　물론 그랬다간 도응의 계략에 걸려 귀중한 시간을 낭비했을 테지만 말이다.

　그러나 역사에서 적수공권(赤手空拳)으로 강남 9군 81주를 호령했던 소패왕은 뭐가 달라도 달랐다. 손책은 분한 패배를 당한 상황에서도 냉정을 잃지 않았다.

　그는 다음 날 아침 군사를 몰아 곧장 동쪽으로 나아갔다. 군자군이 반드시 구원해야 하는 광릉으로 직접 향해 적의 마음을 조급하게 만들어 주도권을 쥐려는 의도였다.

척후병을 통해 이 소식을 전해 들은 도응은 군자군에게 즉
각 출격을 명했다.

출발 전 도응은 군자군 장병들에게 신신당부하며 일렀다.

"제군들, 우리의 이번 작전은 치고 빠지기 단 한 가지다. 한
차례 습격에 나서 적을 단지 하나만 죽이더라도 우리의 승리
니 즉시 물러나야 한다. 철수 깃발이 올라가면 당장 도망쳐라.
절대 적과 뒤엉키거나 근접전을 펼쳐서는 안 된다!"

군자군의 숫자가 절대적으로 모자란 상황에서 이 전술은
최선의 선택이었다. 몇 차례 전투를 치르면서 군자군의 수는
이미 8백 명 이하로 줄어들었다.

치고 빠지는 작전이야말로 아까운 자원들을 지키고 군자군
의 장점을 최대한 발휘하는 데 가장 효과적이었다.

"적습이다! 적의 기습이다! 으악―!"

손책군이 무거운 양식과 치중을 실은 수레를 끌고 힘들게
행군하는데, 북쪽에서 갑자기 척후병의 처절한 비명 소리가
들려왔다.

적을 발견한 손책군 척후대는 구르고 기면서 허겁지겁 본대
로 도망쳤다.

이어 바람에 펄럭이는 군자 대기가 손책군 시야에 나타나자

놀라고 당황한 손책군 대오에서 진을 치라는 장령의 명령 소리가 울려 퍼졌다.

그러나 손책군이 채 자리를 잡기도 전에 북방 구릉 지대에 당당히 모습을 드러낸 군자군 기병은 말 위에서 화살 세례를 퍼부었다.

—슈슈슝, 슝, 슝!

머리를 쭈뼛 서게 만드는 소리가 공기를 가르는 가운데, 밀집된 손책 대오를 향해 화살비가 일제히 쏟아지자 여기저기서 쉴 새 없이 비명 소리가 터져 나왔다.

손책군이 가까스로 대열을 정비하고 반격을 가하려고 할 때, 군자군 진영의 깃발이 번쩍 올라가며 수백 군자군이 그 자리에서 모두 자취를 감춰 버렸다.

황당해하는 손책군 진영에는 부러진 화살이 도처에 널려 있고, 수많은 병사가 화살에 맞아 신음성을 토하고 있었다.

격노한 일부 장수가 정예병을 거느리고 추격했지만 군자군은 전과 다름없이 말을 달려 달아나면서 뒤를 향해 화살을 날렸다.

말 위에서 화살을 쏠 수 없었던 손책군이 말에서 내리거나 말고삐를 당겨 활을 쏘려 할 때 군자군은 이미 멀리 달아난 뒤였다.

이런 식으로 군자군이 계속 치고 빠지며 손책군 진영을 교란하자, 사상자는 계속 늘어나고 행군 속도도 늦어질 수밖에 없었다.

이에 최대한 빨리 광릉성에 당도해 공격을 가하겠다는 손책의 계획은 틀어지고, 하루에 40리도 가지 못했다.

第九章
유격전

　어둠이 내리기 시작하자 흡혈 파리처럼 따라붙던 군자군이 마침내 종적을 감추었다. 군자군의 전술에 혼이 빠진 손책군도 드디어 휴식을 취할 수 있게 되었다.

　서둘러 임시 막사를 세우고 양거를 대오 중간으로 옮겨 보호한 다음 길에서 그대로 하룻밤을 보냈다. 막사가 완성되자 손책을 위시해 주유, 황개, 정보가 화톳불에 모여 거머리처럼 따라다니는 군자군의 작전에 어떻게 대응할지 논의했다.

　정보가 가장 먼저 입을 열었다.

　"소장군, 더 이상 이렇게 가서는 안 됩니다. 피해가 크지는 않습니다만 비겁한 도응 놈이 계속 이렇게 따라붙는다면 군사들의 사기가 심각하게 떨어질 수 있습니다. 어떻게 해서든 반격을 가해야 합니다."

주유가 쓴웃음을 지으며 사상자 숫자에 대해 얘기했다.

"정보 장군, 도응 놈에게 죽고 다친 우리 군사가 얼마나 되는지 아십니까? 사망자 365명에 부상자가 590여 명이오. 그중 백여 명은 중상을 입어 단시간 내에 전투에 투입하기 어렵습니다."

"그럴 리가? 그리 많단 말이오?"

이 말에 정보는 깜짝 놀랐다.

"적소성대란 말처럼 한 번에 십여 명을 쏘아 죽이고 달아난 것이 쌓여 그렇게 많아진 것입니다."

성격이 든직한 황개조차 욕을 내뱉으며 크게 화를 냈다.

"제기랄, 이 쳐 죽일 도응 놈이 화살을 쏘고 달아나기만 하니 근접전을 치를 기회가 아예 없습니다. 이런 후안무치한 기병 전술은 생전 처음 봤습니다."

"후안무치한 건 맞지만 전 도응이 존경스럽기까지 합니다. 이런 기병 전술은 고금을 통틀어 도응이 처음 시도한 것일 겁니다. 백부, 우리가 이번에 상대를 잘못 골랐습니다. 도응은 유요(劉繇)보다 더 까다롭고 위험한 놈입니다. 어려운 것을 버리고 쉬운 것을 취하려다가 오히려 쉬운 걸 놓치고 어려운 걸 취한 꼴이 되고 말았습니다."

손책은 침울한 표정을 지으며 아무 말도 하지 않았다. 한참 동안 화톳불만 응시하던 손책이 느닷없이 물었다.

"도응 놈의 기병들은 어떻게 말을 달리면서 활을 쏠 수 있는 것이오? 그대들은 모두 기사(騎射)의 고수들이라 그것이 얼마나 어려운지 잘 알 것이오. 우리 같은 대장들도 하기 어려운 것을 어떻게 도응 놈 군대는 일반 기병까지 가볍게 해내는 것이오?"

주유가 무거운 목소리로 대답했다.

"이 점에 관해서는 저도 유심히 지켜봤습니다. 아무래도 도응이 장착한 마구와 관련이 있는 듯한데, 거리가 너무 멀어 어떤 마구인지는 분명히 보지 못했습니다. 죽은 전마를 살펴봐도 특별히 이상한 점은 없었고 말입니다."

이 말에 황개가 뭔가 떠오른 듯 끼어들었다.

"동성 전투에서 사실 도응군 측 전마의 시체 두 구를 발견했습니다. 그런데 그 전마에는 안장이 없었습니다."

당시 손책은 치료를 받으러 급히 동성으로 돌아오는 바람에 이 사실을 전혀 몰랐다. 이에 의아해하며 말했다.

"설마 도응의 전마에 비밀이 숨겨져 있단 말인가?"

황개가 쓴웃음만 지을 뿐 아무 대답도 못 하자 주유가 대답했다.

"도웅의 비밀은 그것뿐만이 아닙니다. 유심히 보셨는지 모르겠지만 도웅 기병이 타는 전마는 대부분 키가 작은 이등마입니다. 구불구불한 산길이나 험준한 길도 평지처럼 달려 우리 전마가 도무지 따라잡을 수 없었습니다. 이런 점에서 볼 때, 도웅군이 타는 전마도 괴이합니다."

손책은 이를 바득바득 갈며 땅바닥을 주먹으로 연신 내려쳤다.

"적의 정보에 대해 아는 것이 이리도 없단 말인가! 서생이라고 얕잡아 보다가 크게 당한 것이야! 이놈은 양의 탈을 쓴 이리였어!"

침울한 표정을 짓던 주유가 어렵게 입을 뗐다.

"백부, 듣기 싫은 말인 것인 잘 압니다만 지금 꼭 해야 하겠습니다. 여기서 진군을 멈추십시오. 제가 보기에 가장 좋은 선택은 일단 퇴병했다가 도웅군의 비밀을 모두 캐낸 연후에 다시 계획을 세우는 것입니다."

손책이 아무 말도 없자 정보가 단호히 반대하고 나섰다.

"퇴병은 절대 아니 되오! 소장군이 원술에게 겨우 군사를 빌려 출격했는데 다시 돌아간다면 더는 기회가 없을 것이오."

"그 사실은 저도 잘 알고 있습니다. 하지만 기회란 만들어 내는 것입니다. 백부의 나이 이제 겨우 스물입니다. 도웅의 비밀을 철저히 캐내고 연구해 군자군과 똑같은 부대를 양성한다면 도웅은 물론 천하의 제후들이 백부의 기병 앞에 벌벌 떨 것입니다."

이 말에 손책에 대답했다.

"공근, 이번에는 자네가 틀렸네. 정보 장군의 말처럼 여기까지 온 상황에서 되돌아가는 것은 불가능하네. 자형(子衡)이 꾀를 내 우리가 동정에 나서도록 겨우 원술을 설득했는데 만약 실패해서 돌아간다면 이런 좋은 기회는 더 이상 없을 것이야. 혹여 후에 원술이 기회를 준다 해도 부친의 옛 부장과 부대를 내줄 리가 없을 걸세."

자형은 여범의 자다. 주유는 손책의 결심이 굳은 것을 알고 어쩔 수 없다는 듯 화제를 돌렸다.

"좋습니다. 그럼 어떻게 도웅을 상대할지 의논해 봅시다. 저들의 목적은 분명합니다. 우리를 교란해 가능한 한 광릉까지 진군 속도를 늦추는 것입니다."

정보도 고개를 끄덕였다.

"나도 그런 느낌이 들었소. 그래서 우리가 행군에 속도를 붙여서 되도록 빨리 광릉성 아래까지 당도한다면 도웅 놈도 감히 손을 쓰기 어려울 것이오."

황개 역시 한 가지 방법을 제안했다.

"그럼 기병을 한곳에 집중합시다. 보병은 군량과 치중을 실은 수레를 책임지고, 기병은 도웅군을 공격하고 견제하는 데

집중하는 것이오. 우리 기병이 도응군을 바싹 따라붙는다면 보병은 순조롭게 진군할 수 있을 것이오."

주유는 황개의 의견에 단호하게 반대했다.

"그건 절대 안 됩니다! 만약 그랬다간 우린 정말 위험에 빠집니다. 보시다시피 도응군의 기동력은 우리 기병보다 월등합니다. 기병이 단독으로 그들을 쫓다가는 각개격파당하기 딱 좋습니다. 그들이 우리 기병을 끊임없이 괴롭히며 광릉까지 온다면 결국에 힘이 빠진 우리 기병은 광릉성 안의 군대까지 맞이하다가 괴멸하고 말 것입니다."

이 말에 황개가 꿀 먹은 벙어리가 되자 주유가 다시 입을 열었다.

"그럼 이렇게 하시죠. 내일부터 아군은 방진을 이뤄 행군하는 겁니다. 양거를 가운데 두고 큰 방패를 든 방패수를 외곽에 배치한 다음 안에 전마를 탄 강노수(强弩手)를 숨겨놓습니다. 도응군이 다시 교란에 나서면 먼저 큰 방패로 저들의 화살을 막아낸 연후에 강노수가 나와 반격을 가합니다. 강노는 화살보다 사정거리가 멀어 저들에게 피해를 입힐 수 있을 겁니다."

손책은 잠시 생각을 정리하더니 주유에게 물었다.

"그렇게 하면 사상자가 꽤 발생할 테고, 도응도 상황이 불리해지면 전술을 바꿔 화살 한두 무더기만 날리고 도망가면 우리가 강노를 쏠 기회가 없잖은가? 더욱 중요한 것은 방진을 이뤄 행군하면 속도가 너무 느려서 시간이 너무 지체된다는 것이네."

주유는 고개를 저으며 조용히 말했다.

"행군 속도는 절대 늦어질 리 없습니다. 도응이 화살과 건량을 과연 얼마나 보유하고 있을까요? 조금 있으면 틀림없이 화살과 건량이 다 떨어질 것입니다. 그러면 그에게는 두 가지 선택밖에 없습니다. 하나는 우리와 근접전을 펼치는 것이고, 다른 하나는 광릉으로 돌아가 화살을 보충하는 것입니다. 근접전이라면 우리가 도응군을 두려워할 필요가 없고, 만약 광릉으로 돌아간다면 우린 전속력으로 행군하면 그만입니다."

손책이 무릎을 치며 말했다.

"오, 공근의 말이 지극히 옳다. 기동력을 최우선으로 여기는 도응군이 절대 대량의 화살과 건량을 지녔을 리 없다. 그럼 저들의 화살과 건량이 다 떨어질 때를 기다려 전속력으로 행군하기로 한다!"

황개와 정보도 주유의 말이 일리가 있다고 여기고 그의 주장에 동의했다.

손책 등이 회의를 마치고 쉬러 돌아갈 때쯤, 부장 부영이 조심스럽게 다가와 기웃거리는 것이 뭔가 할 말이 있는 듯했다. 손책이 그 모습을 보고 먼저 물었다.

"부 장군, 무슨 일이오?"

"소장군… 혹시……."

부영은 말을 못하며 얼버무리다가 한참 만에 입을 뗐다.

"소장군, 상처는 괜찮으신지요? 불편한 느낌은 없으십니까?"

"아무 문제도 없는데, 그건 왜 물으시오?"

손책은 어리둥절해하며 반문했다.

그제야 부영은 안도의 한숨을 내쉬고 솔직히 대답했다.

"그렇다면 천만다행입니다. 말장이 부상병 호송을 책임지고 있는데, 오늘밤 아군 부상병 중 20여 명이 갑자기 열이 나고 사지에 경련이 일어나며 혼절해 버렸습니다. 그중 하나는 원래 허벅지에 가벼운 상처를 입었었는데 아무런 원인도 없이 돌연 죽었습니다. 의관 말로는 적이 화살에 오두독을 발랐을 가능성이 높다고 합니다. 소장군도 화살을 맞아서 급히 달려와 물은 것입니다."

이 말에 손책은 눈을 크게 뜨며 큰소리로 욕을 퍼부었다.

"뭐? 화살에 오두독을 발랐다고? 도옹, 이놈! 진정 비열하기 짝이 없구나!"

하지만 손책 등 그 당시 사람들은 파상풍의 증상과 잠복기에 대해 전혀 모르고 있었다.

파상풍의 증상이 오두에 중독된 것과 유사하다는 것 외에 잠복기는 사흘에서 이레가 된다는 점이었다. 소수의 사람만 하루나 이틀 사이에 증상이 나타난다.

도응군의 야습이 없었던 관계로 손책군은 편안히 하룻밤을 보내고 행군에 나섰다. 아침이 되자 군자군은 어김없이 손책군 주변을 어슬렁거리기 시작했다.

이때 도응은 손책군이 거대한 귀갑진(龜甲陣)을 이루고 행군하는 것을 목격했다. 귀중한 양거를 중간에, 방패수를 외곽에 배치하고 안에는 궁노수를 숨겨두고 있었다.

군자군이 기습을 가하더라도 효과적으로 적을 살상하기 어렵고, 동시에 적의 궁노수에게 반격을 당할 위험성이 높아 보였다.

이에 도응은 도기에게 먼저 탐색 공격을 시도해 보라고 명했다. 이를 통해 적의 허실을 탐지하고 귀갑진의 빈틈을 찾기 위함이었다. 도기의 경기병이 손책군을 향해 달려가자 도응의 예상대로 귀갑진 내부가 일사불란하게 움직이더니 기병 한 무리가 안에서 군자군이 돌격하는 방향으로 이동했다. 이어 군자군이 다가가 화살을 발사하자 손책 기병도 즉각 쇠뇌를 메겨 화살을 쏘며 맞대응했다.

이 광경을 본 도응은 곁의 친병에게 서둘러 명을 내렸다.

"빨리 깃발을 들어 철수 명령을 내려라! 적군 쇠뇌가 우리

활보다 사정거리가 훨씬 더 길다. 최대한 희생을 줄여야 한다!"

이명 등 친병은 재빨리 깃발을 흔들어 도기에게 철수 명령을 내렸다. 손책군의 강노에 사상자가 속출했던 도기의 경기병이 이를 보고 물러나면서 그나마 더 큰 희생을 줄일 수 있었다. 그 다급한 와중에도 쓰러진 전마에서 등자를 회수하는 걸 잊지 않았다. 안장에 고리를 만들어 걸어놓았기 때문에 회수는 금방이었다.

손책군도 그동안 당한 바가 있었던지라 달아나는 군자군을 쫓지 않고 계속해서 동쪽을 향해 나아갔다.

노숙은 이 광경을 보고 탄식하며 말했다.

"손백부와 주공근은 과연 명불허전입니다. 이렇게 빨리 아군 기병에 대처할 방법을 생각해 냈군요. 손책군의 강노 위협을 해결하지 못하는 한, 공격이 쉽지 않겠습니다."

이때 도응의 미간이 살짝 찌푸려졌다.

"귀갑진이 깰 수 없는 진법은 아닌데 이 일대 지형이 만만치가 않군요. 잠시 교란 작전을 멈추고 손책군이 사방이 평지인 고당을 지날 때 견제에 들어가기로 합시다."

"어찌해도 상관은 없을 듯합니다. 손책이 이 대형을 계속 유지한다면 속도가 너무 느려 간접적으로 견제하는 효과가 있습니다."

도응은 고개를 끄덕이며 잠시 생각에 잠긴 후 군자군에 명했다.

"전군은 즉시 손책에 앞서 고당 개활지로 향한다. 그곳에서 휴식을 취하며 손책의 군대를 기다린다!"

이 명에 노숙이 즉각 반대하고 나섰다.

"안 됩니다. 우리가 먼저 고당으로 가면 저들은 공격이 없는 것을 알고 행군 속도를 높이게 됩니다. 가장 좋은 방법은 손책군과 똑같이 진군 속도를 유지하며 끊임없이 깃발과 구호, 징과 북으로 적을 위협하는 것입니다. 그러면 저들은 귀갑진을 유지할 수밖에 없어서 행군 속도가 느려지고 지치게 됩니다. 우리로서도 화살을 절약할 수 있으니 일석이조가 아니겠습니까."

도응은 속으로 역시 노숙이라고 칭찬하며 빙그레 웃었다.

"옳은 말이오. 군사의 말에 따르겠소이다. 그럼 이제 손책과 인내심 싸움을 시작해 볼까요?"

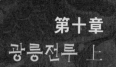

第十章
광릉전투 上

　노숙의 멋진 계략에 손책과 주유는 이번에도 크게 한 방 먹고 말았다. 군자군이 며칠 동안 직접 공격을 가하지 않고 깃발과 구호, 전고(戰鼓)로만 괴롭히자, 행군 속도가 느려진 손책군은 대량의 양초만 허비하고서 사흘 동안 150리도 채 가지 못했다. 이에 조바심이 난 손책 장수들은 여러 차례 출격을 허해 달라고 청했다.

　그러나 손책과 주유는 군자군의 기동력이 얼마나 무시무시한지 잘 알고 있기에 감히 이를 허락하지 못하고 계속 귀갑진을 유지하며 행군하도록 명했다. 다행히 군자군도 손책군의 강노를 두려워해 가까이 접근하지 않으면서 손책군 사상자는 더 이상 늘어나지 않았다.

하지만 손책과 주유에게는 또 한 가지 걱정거리가 있었다. 바로 군자군의 독화살이었다. 살촉에 무슨 독을 발랐는지 사나흘이 지나자 2할에 가까운 부상병들의 병세가 악화되기 시작했다. 상처에서 고름이 계속 흐르고 갑자기 고열이 나며 사지가 경련을 일으키더니 고통을 참지 못하고 비참하게 죽어갔다. 군중의 의관들도 도무지 손을 쓸 방도가 없었다.

게다가 손책마저도 상처가 악화돼 왼다리를 관통한 상처에서 고름이 흘러나왔다. 군심이 어지러워질까 봐 감히 얘기를 꺼내지 못했지만 이미 손책군 대오는 인심이 흉흉해지고 사기가 크게 저하되었다.

이런 악조건에 직면하자 겉으로 강해 보이던 손책도 내심으로는 도응을 출전 상대로 선택한 걸 후회했다. 이들이 무슨 '군자' 군이란 말인가? 도응군은 여우보다 교활하고 시랑보다 악랄했다.

이에 광릉 공격을 포기하고 수춘으로 돌아가 쉬고 싶다는 생각이 손책의 머릿속에서 자라기 시작했다.

만약 이 일이 발생하지만 않았다면 진퇴양난에 빠진 손책은 어쩌면 철군을 명했을지도 몰랐다. 그런데…….

9월 초이렛날, 손책군은 당읍 땅을 밟으며 마침내 광릉 경내로 진입했다. 예외 없는 군자군의 교란에 손책군은 거북이 같은 속도로 전진하며 온 신경을 군자군에게 집중했다. 교란 작전을 펴던 군자군이 물러가고 대오를 정비할 즈음, 후방에서 갑자기 또 다른 경기병 부대가 몰려왔다. 깜짝 놀라 바라보니 이 부대를 이끌고 온 이는 바로 원술의 종제이자 심복인 원윤이었다. 원윤은 손책을 보자마자 원술의 친필 명령을 건네며 단도직입적으로 말했다.

"백부 장군, 주공께서 상의할 일이 있으니 수춘으로 당장 회군하라는 명이십니다."

"지금 당장 회군하라고요? 이유가 무엇입니까?"

손책이 놀라 의아해하며 물었다. 곁에 있던 주유와 황개, 정보는 서로의 얼굴만 바라보며 원술이 자신들의 상황을 알고 철수를 명한 것이 아닌가 의심했다.

손책의 성정을 잘 알고 있는 원윤은 그의 심기를 건드릴까 조심스럽게 재촉했다.

"오해하진 마십시오. 주공께서 다른 뜻이 있는 것은 아닙니다. 다만 광릉이 혼란한 틈을 타 공격하다가 혹여 천하의 비웃음을 살까 염려했기 때문입니다. 그러니 광릉 공격은 잠시 미루시지요."

군자군의 기상천외한 전술에 혼이 빠진 손책은 사실 퇴병까지 고려했었다. 그런데 원술이 천하의 웃음거리가 될까 걱정돼 회군을 명했다는 말에 의심이 가지 않을 수 없었다. 이것이 예의 염치라고는 눈 씻고 찾아보기도 어려운 자의 입에서 나올 말인가?

손책과 주유는 이런 의심 속에 몰래 눈빛을 교환했다. 그러더니 손책이 원윤에게 예를 갖춰 말했다.

"원 장군께서는 잠시만 기다려 주십시오. 말장이 부하들과 퇴병 건을 논의한 후 말씀드리지요. 여봐라, 대군은 잠시 행군을 멈추어라! 원 장군께는 술과 안주를 내오도록 하라."

원윤이 손책 친병의 안내를 받아 나가자 주유가 곧바로 목소리를 낮춰 손책에게 일렀다.

"백부, 일이 심상치 않습니다. 원윤이 좌우를 끊임없이 둘러보며 우리를 경계하는 것이 좋은 뜻으로 온 것 같진 않습니다."

손책도 고개를 끄덕이며 말했다.

"나도 그리 느꼈네. 그런데 수춘에 도대체 무슨 일이 일어났길래 원술이 돌연 회군을 명한 것이지?"

주유가 고개를 저으며 대답했다.

"그건 잘 모르겠습니다. 다만 좋은 뜻이 아닌 것만은 분명합니다. 이번에 돌아가면 더 큰 화가 기다리고 있지 않을까 걱정입니다."

손책 역시 주유의 말에 고개를 끄덕였다.

자신이 원술 막하의 교유, 장훈과 친분이 있고 여범이 몰래 돕는다고는 하지만 기령, 양굉, 원윤 등과는 원래부터 척을 졌고, 특히 원술의 심복인 진기, 유훈과는 구강과 여강 태수 자리를 놓고 다투는 바람에 불구대천의 원수가 되고 말았다.

이번에 느닷없이 원술이 회군을 명했다는 건 좌우에서 원술을 꼬드겨 자신을 의심하게 만든 것이 분명해 보였다.

주유가 잠시 대세를 판단해본 후 손책에게 가까이 다가가 단호한 어조로 말했다.

"백부, 지금 돌아간다면 죽는 길밖에 없습니다. 광릉을 차지해 근거지로 삼고 대업을 도모하는 것이 우리에게 남은 유일한 활로입니다!"

손책은 마음의 결정이 서지 않아 하늘만 바라보며 굳게 입을 다물고 있었다. 그러자 정보가 나서서 말했다.

"공근, 그건 너무 위험하오. 원술이 갑자기 회군을 명했다지만 우릴 의심해서 불러들이는 것인지 확실치는 않잖소? 만약 명을 어기고 전진했다가 광릉을 차지하지 못하기라도 하면 그 다음은 어쩔 것이오?"

주유가 차분하고 조리 있게 대답했다.

"다 방법이 있습니다. 백부께서는 원윤에게 이렇게 말하십시오. 장수가 밖에 있으면 주군의 명을 받지 않는 법인 데다 광릉까지 채 2백 리도 남지 않아 포기하기 아까우니 광릉을 접수한 후 명을 어긴 죄는 달게 받겠다고 말입니다. 만약 원술이 우릴 믿고 있다면 이 설명 한마디로 족합니다. 하지만 우릴 의심하고 백부가 공을 세울까 봐 시기한다면 분명 후속 조치가 있을 겁니다. 그때가 돼서 임기응변으로 일을 처리하는 것이 회군해 범굴로 들어가는 것보다는 백번 낫습니다."

손책은 주유의 의견에 답답한 마음이 확 풀리는 듯했다. 이에 당장 주유와 황개 등을 데리고 원윤을 찾아가 저간의 사정을 설명한 다음 천재일우의 기회를 놓치기 아까우니 자기 대신 원술에게 용서를 구해달라고 부탁했다. 그런데 원윤은 뜻밖에도 이 말에 전혀 반박하거나 화를 내지 않고 순순히 수긍한 후 부하들을 이끌고 바로 수춘으로 돌아갔다.

원윤이 떠나고 나자 손책은 원술의 뜻을 짐작할 수 있었다.

"원술이 날 의심하고 있는 것이 확실하구나. 그렇지 않다면 내가 명을 거역했는데도 원윤이 저리 순순히 돌아갔겠는가? 내가 반심을 품었다고 생각해 혹시라도 해를 당할까 두려워 그냥 물러난 것이 분명하다."

주유 역시 고개를 끄덕였다.

"맞습니다. 이제 우리에겐 선택이 없습니다. 진군을 서둘러 가능한 한 빨리 광릉에 당도해야만 합니다."

손책은 당장 결단을 내리고 장수들에게 명령했다.

"지금부터 전군은 전속력으로 광릉을 향해 달려간다. 조금
도 지체해서는 안 될 것이다!"

장수들이 명을 받고 물러가자 손책이 정보에게 당부했다.

"정 장군, 남은 기병 9백여 기를 모두 장군에게 맡길 테니
도웅이 다시 소란을 피우면 당장 출격해 강노로 그들을 쫓아
내십시오. 다만 절대 10리 이상은 추격하지 말고 우리 보병
이 행군할 수 있도록 견제만 하십시오. 꼭 명심하시기 바랍니
다!"

명이 떨어지자 손책군은 엄밀한 귀갑진을 풀고 전속력으로
동쪽을 향해 달려갔다. 한편 도웅은 척후병에게 이 소식을 듣
고 크게 기뻐하며 즉각 군자군을 이끌고 적의 측면으로 짓쳐
들어갔다.

이에 대비해 진용을 갖추며 기다리고 있던 정보의 기병도
사정거리가 더 먼 강노를 앞세워 군자군을 향해 신속하게 돌
격했다.

이에 광릉 서부의 개활지에서 양군 기병 간에 일대 접전이
벌어졌다. 처음부터 이런 기병전에 맞춰 훈련된 군자군은 손
책군을 맞아 우위를 점했다. 강노가 비록 사정거리가 길다고
는 하나 화살을 장착하는 데 시간이 많이 걸릴뿐더러 전마를
멈추고 두 손을 써야 하는 관계로 동작이 기민한 군자군의 화
살에는 역부족이었다. 한 차례 치열한 기병전을 치른 후 손책

군은 백 기에 가까운 기병을 잃었다. 물론 군자군도 십여 명이 사망하는 대가를 치렀지만 말이다.

적의 강노에 아까운 군자군을 잃자 도응은 한 가지 꾀를 냈다. 이어진 기병전에서는 부대를 둘로 나눠 선봉 부대가 정보의 기병을 유인한 틈을 타 또 다른 부대가 옆으로 돌아가 손책군 보병을 급습했다. 군자군의 급습에 손책군 보병은 어쩔 수 없이 전진을 멈추고 진용을 짜 반격에 나서야만 했다. 이로써 군자군은 손책군 보병을 여럿 살상하고 진군 속도를 늦추는 효과를 거두었다.

이틀간 일진일퇴의 공방을 벌인 끝에 손책군은 여국 경내로 진입했다. 이제 광릉성이 코앞으로 다가왔다. 그리고 군자군의 화살도 마침내 다 떨어져 더 이상 유격전을 벌일 수 없게 되었다. 이에 군자군은 정보의 추격을 따돌리고 광릉성으로 들어가 광릉 보위전에 돌입했다.

십여 일간 손책군의 진군을 견제한 군자군은 9월 초아흐레 저녁에 광릉으로 돌아왔다. 도응이 인원을 점검해 보니 사망자는 60여 명 정도였다. 반면 손책군은 맹장 한당을 잃은 것을 비롯해 천 명에 가까운 병사가 목숨을 잃었다. 중상자까지 친다면 그 수는 2천 명이 훨씬 넘었다.

손책군이 하루만 지나면 광릉에 도착할 테지만 군자군은 임무를 완수하고 돌아온 셈이었다. 장광의 지휘 아래 이웃한 여국, 강도의 백성과 양식을 모두 광릉으로 옮겼을 뿐 아니라 수성 준비도 완벽하게 마쳤다. 성벽을 견고하게 수리하고 무기를 충분히 준비해 둠은 물론 참호를 깊이 파고 강물을 끌어와 그 안을 가득 채워 적군의 공성 수레나 운제가 접근하기 어렵도록 만들어놓았다.

광릉성으로 돌아온 도응은 먼저 부상당한 군자군을 의관에게 보내 치료하게 하고, 열흘이 넘도록 건량으로 버틴 군사와 전마를 배불리 먹이라고 명했다. 그런 다음 노숙과 함께 장광을 따라 광릉 태수부로 향했다. 도응이 장광에게 노숙을 소개시키자 둘은 예를 갖춰 인사를 나눈 후 각자 자리에 앉았다.

도응의 출정 결과가 궁금했던 장광은 인사가 끝나자마자 부리나케 물었다.

"공자, 이번 출정 전과는 어땠습니까?"

"손견의 옛 장수 한당을 죽이고 손책군을 천 명 가까이 해치웠습니다."

이 말에 장광은 깜짝 놀라며 목소리가 높아졌다.

"네? 한당을 죽였다고요? 손견을 따라 동탁을 대파한 그 한당 말입니까?"

도응은 고개를 끄덕여 대답한 다음 정색하고 말했다.

"지금 군자군의 전과는 그리 중요하지 않습니다. 광릉을 보위하는 건 전적으로 장군 수하의 6천 군사에게 달렸습니다."

"그 점은 염려 놓으십시오. 말장 휘하의 장사들이 야전에서는 손책군에 미치지 못할지라도 수성전이라면 겨뤄볼 자신이 있습니다."

이 말에 도웅이 고개를 저으며 침중한 목소리로 말했다.

"요 며칠 제 두 눈으로 손책 군대의 전투력과 조직력을 똑똑히 지켜보았습니다. 솔직히 말씀드리면, 우리 서주 군대로 맞서기 벅찬 상대입니다. 손책군 사병 하나가 야전에서는 우리 병사 셋을 능히 당할 수 있습니다. 공성은 어떨지 모르겠지만 역시 만만치 않을 것입니다."

"손책이 그렇게 대단합니까? 너무 과장된 것 아닙니까?"

"반 푼도 과장이 아닙니다. 군자군이 끊임없이 기습을 가하고 교란하는데도 전혀 놀라거나 흐트러짐이 없었습니다. 심지어는 궁노수로 우리에게 반격을 가하기까지 했습니다. 천하에 이런 군대는 몇 안 됩니다. 그래서 기강이 해이하고 정예롭지 못한 우리 군대로는 그를 상대하기 쉽지 않다고 말씀드리는 겁니다."

장광은 반신반의하는 표정을 지으며 물었다.

"그럼 공자는 손책 군대를 어떻게 대응하실 생각입니까?"

도웅은 기다렸다는 듯 대답했다.

"제가 노숙 군사와 밤새도록 상의한 작전을 말씀드리지요.

먼저 군자군은 기존 작전을 변경해 잠시 성을 나가지 않고 광릉성 안에 남아서 장군의 수성을 도울 생각입니다. 다음으로 한 차례 확실한 승리를 통해 광릉 군민에게 성을 지켜낼 수 있다는 필승의 자신감을 심어준 이후 적을 도모할 계획입니다."

이 말에 장굉이 어리둥절한 표정을 지었다.

"한 차례 확실한 승리라고요? 세상에 싸우지도 않고 어찌 승리를 장담하십니까? 게다가 손책 군대가 우리보다 모든 면에서 월등하다고 하지 않았습니까?"

도응이 미소를 지으며 대답했다.

"있습니다. 제가 군사와 손책을 확실히 격파할 계책을 미리 세워두었습니다."

장굉이 궁금한 눈빛으로 재빨리 물었다.

"대체 무슨 계책인지 말장에게도 알려주십시오."

도응은 잠시 뜸을 들이더니 장굉을 똑바로 쳐다보며 말했다.

"간단합니다. 장군이 손책에게 거짓 항복하는 것입니다."

"네?"

장굉은 소스라치게 놀라 하마터면 의자에서 떨어질 뻔했다.

"아니 그게 무슨 말씀입니까? 말장더러 손책에게 거짓 항복을 하라고요?"

장굉은 눈이 동그래지며 말도 안 된다는 표정을 지었다.

"그렇습니다. 장군이 비밀리에 손책에게 사람을 보내 주군의 어린 아들놈에게 지휘를 받자니 너무 화가 나 광릉성을 바치겠다고 말하십시오. 그리고 밤에 몰래 광릉성 북문을 열어 손책군을 맞이하겠다고 하십시오. 이에 손책 군대가 광릉성 북문의 옹성(甕城)으로 들어오면, 그 이후는 제가 다 알아서 하겠습니다."

그래도 장굉은 걱정이 돼 물었다.

"손책은 보통 인물이 아닌데 과연 말장의 거짓 항복을 쉽게 믿을까요?"

도응은 손을 내저으며 단호하게 말했다.

"반드시 속게 돼 있습니다. 첫째, 손책은 길에서 십여 일을 지체한 탓에 양초가 많지 않습니다. 하루라도 빨리 광릉성을 격파해야 하는 상황에서 장군이 성을 바친다고 하면 마음이 움직이지 않을 수 없습니다. 둘째, 장군은 서주의 노장이라 어린 저에게 불만을 가지는 것이 정상입니다. 따라서 손책이 장군의 거짓 항복을 온전히 믿진 않더라도 어느 정도는 수긍할 것입니다. 그리고 세 번째는⋯⋯."

도응은 잠시 말을 멈추고 장굉을 보며 묘한 미소를 지었다.

"제가 장군을 위해 준비한 물건이 하나 있는데, 손책이 아무리 의심이 많고 간특하더라도 이 물건만 보내면 장군이 진심으로 항복한다고 믿지 않을 수 없습니다……."

신출귀몰한 군자군에게 열흘 넘게 괴롭힘을 당한 손책군은
9월 초열흘 정오에 마침내 광릉성 아래에 당도했다. 손책은 광
릉성 서문 밖 5리쯤에 영채를 차리라고 명한 후, 자신은 주유
와 함께 정예병 일단을 이끌고 광릉성 가까이 가 성의 방어
상태를 둘러보았다.

그런데 광릉성 방어를 보고 손책과 주유 모두 이맛살이 찌
푸려졌다. 성벽의 높이는 족히 세 길이 넘고 성벽도 매우 견고
해 보이는 데다 네 문에는 모두 완충 작용을 하는 옹성이 있
었다. 그뿐만 아니라 척 보기에도 깊고 넓은 해자가 사방에 둘
러져 있어서 손책군이 성벽 가까이 다가가기가 쉽지 않아 보
였다. 결론적으로 이는 누구도 깨기 어려운 난공불락의 견고
한 성과 다름없었다.

손책은 장탄일성을 내뱉으며 주유와 함께 광릉성을 돌아본
후 영채로 돌아왔다. 양초는 기껏해야 20여 일치 정도밖에 남
지 않았는데 성을 공략할 방법이 도무지 떠오르지 않자 병색
이 완연한 손책의 얼굴은 시름으로 더욱 수척해졌다.

한편 임청은 도응이 떠난 후 날마다 광릉성 서문 성벽에 올
라가 도응이 살아 돌아오게 해달라고 기도했었다. 십여 일이

지나 마침내 도응이 군자군을 이끌고 모습을 나타내자 그녀는 기쁨과 안도의 눈물을 흘렸다. 하지만 괜한 자존심 때문에 당장 얼굴을 드러내지 않고 다음 날에야 도응을 찾아갔다.

이때 도응은 성벽을 순시하며 병사들을 격려하는 것이 아니라 장인 몇 명을 데리고 태수부 뒷마당에서 죽관(竹管)을 만지작거리고 있었다. 이 모습을 본 임청이 도응에게 퉁명스럽게 말했다.

"적이 이미 코앞에 당도해 성을 정탐하고 다니는데 성벽 방어에는 신경 쓰지 않고 한가로이 여기서 뭘 하는 것이오?"

도응은 둥근 끌로 대나무 안을 파내면서 무신경하게 대꾸했다.

"왔구려. 광릉성이야 사방으로 해자가 둘러져 있어서 손책이 하루 이틀 만에 공격하기는 어렵소. 또 성을 급습한다 해도 저녁에나 손을 쓸 테니 지금 성벽에 올라가도 할 일이 별로 없소."

이 말에 입을 삐죽이던 임청은 도응이 손에 들고 있는 죽관을 보고 호기심이 생겨 물었다.

"서성도 장인들을 대동해 어제부터 종일 대나무를 깎던데 무슨 용도로 쓰려는 것이오?"

"비화창(飛火槍)을 만드는 중이오."

"비화창이라고? 그게 대체 뭐요?"

도응은 손에 든 두 자짜리 죽관을 임청에게 건네며 설명했다.

"일종의 불을 뿜는 무기로 수성이나 불을 놓을 때 사용하오. 이 죽관을 긴 창끝에 묶어놓고 안에 유황, 망초, 목탄, 사철, 도재 가루 등을 섞어 채워 넣은 다음 끝부분에 불을 붙이면 죽관 앞쪽에서 한 길 길이의 화염이 뿜어져나가는 것이오. 이렇게 해서 적의 양초나 군막을 태우기도 하고, 직접 적을 향해 발사하면 고열의 사철과 도재 가루가 나가 적에게 화상을 입히거나 실명하게 만드는 효과를 거둘 수 있소. 화염을 발사한 후에는 긴 창을 그대로 무기로 쓸 수 있고 말이오."

도응은 천여 년 후 금(金)나라가 몽고군에 대항하기 위해 발명해 낸 비화창을 마치 자신의 작품인 것처럼 의기양양하게 설명했다. 임청은 들을수록 신기하고 호기심이 생겨 계속 물었다.

"그럼 불을 붙일 때 죽관도 같이 타버리지는 않소?"

도응은 고개를 저으며 이미 시험 사용한 비화창의 죽관을 가리키며 말했다.

"보시오. 죽관 끝부분에 불을 붙인 곳은 조금밖에 그을리지 않아서 다시 화약을 채우면 재사용이 가능하오."

임청은 그 비화창을 호기심 가득한 눈으로 유심히 살펴보더니 말했다.

"허, 거참 신기한 물건이로군. 나한테도 하나 줄 수 있겠소?"

"당연히 드려야지요."

도응은 흔쾌히 응낙한 후 서성의 작업 현황을 점검하기 위해 발길을 옮겼다. 임청도 도응이 바쁜 걸 알고 더는 그를 붙잡아두지 못한 채 쓸쓸히 처소로 돌아갔다.

늦가을에 접어든 9월인지라 낮이 짧고 밤이 길어졌다. 날도 일찍 어두워졌다.

손책 등이 광릉성을 깰 대책에 골몰하고 있을 때, 순찰을 돌던 손책군 병사가 야음을 틈타 몰래 광릉성을 빠져나온 서주 병사 하나를 잡아들였다. 자칭 황찬(黃璨)이라고 하는 이자는 자신을 서주 노장 장광의 심복이라 소개하고, 손책을 만나 긴히 전할 기밀이 있다고 말했다.

광릉을 접수할 방법이 떠오르지 않아 애만 태우던 손책과 주유 등은 이 전갈을 듣고 크게 기뻐하며 당장 그를 중군 대영으로 불러들였다.

잠시 후 황찬이 끌려오자 손책은 그에게 신분과 이곳을 찾아온 이유를 물었다. 황찬은 무릎을 꿇고 엎드려 전전긍긍하며 대답했다.

"소인의 이름은 황찬으로 현재 서주사마 장광 장군 막하의 친병으로 있습니다. 그런데 도응이 서주자사의 차자란 신분을 믿고 여러 차례 장광 장군을 능욕하는 통에 참다못한 장광 장군이 소인을 보내 항복 문서를 바치고 내응을 하겠다고 전하라 하셨습니다."

이 말에 손책은 속으로 몰래 기뻐하며 그가 가져온 장광의 항복 편지를 펼쳐 보았다.

서주 별부사마 장광이 회의교위 손책 장군께 이 서신을 바칩니다.

광은 서주의 구신(舊臣)으로 도겸의 후은을 입어 본래 두마음을 품지 않았습니다. 그런데 도응이 자신의 재주를 믿고 권력을 멋대로 휘둘러 죄 없는 자를 벌주고 공이 있는 자에게는 상을 내리지 않았습니다. 게다가 광은 구신이란 이유로 공연히 모욕을 당하고 막하의 장병들도 여러 차례 수모를 겪었습니다.

이에 그를 저버릴 마음을 먹고 있던 차에 장군이 의군을 거느리고 성을 공격하러 왔다는 소식을 들었습니다. 이 광이 무리를 이끌고 장군께 귀순하니 원컨대 이 치욕을 반드시 씻어주십시오.

읍혈(泣血)로써 엎드려 사뢰옵니다.

손책은 장광의 항복 편지를 반복해서 읽고 난 후, 주유 등에게도 이를 건네고 의견을 구했다. 그런데 주유가 편지를 다

읽더니 갑자기 광소를 터뜨리며 주위에 큰소리로 명했다.

"여봐라, 당장 저 황찬이란 놈을 끌어내 목을 베어라! 그리고 그 머리를 광릉성 안으로 던져 서주 군사들에게 보이도록 하라!"

"예!"

장중 호위병들이 일제히 대답한 후 앞으로 나와 황찬을 끌고 나가려 했다. 혼비백산한 황찬은 다급히 고함을 질러댔다.

"억울합니다! 전 정말 억울합니다! 소인은 단지 편지를 전했을 뿐인데 왜 절 죽이려 하십니까?"

그러자 주유가 가느다란 미소를 띠며 말했다.

"그 이유를 정녕 모른단 말이냐? 거짓 항복 문서를 가져와 우리를 희롱했으니 죽어 마땅하지 않겠느냐?"

황찬은 억울한 듯 큰소리로 외쳤다.

"절대 거짓 항복이 아닙니다! 전 절대 거짓 항복하러 오지 않았습니다!"

이 말에 주유는 책상을 치며 꾸짖었다.

"어찌 감히 간교한 변명을 둘러대려 하느냐! 장광이 도응의 부하라지만 광릉의 군사는 대부분 그의 휘하다. 항복할 뜻이 있다면 직접 군사를 이끌고 성문을 나오면 되는데 군이 편지를 보내 투항할 이유가 있겠느냐!"

황찬은 주유의 말에 괴로운 표정을 짓고 대답했다.

"장군께서 정확히 보셨습니다. 장광 장군은 바로 그 이유 때문에 투항을 결심한 것입니다. 일전에 도응이 군자군을 거느리고 성을 나갈 때, 수성전에 필요하다며 장광 장군에게 화살 5만 대와 동유(桐油) 8천 근을 준비해 두라고 일렀습니다. 하나 재료가 부족해 화살은 2만 대, 동유는 5천 근밖에 준비하지 못했습니다. 그러자 도응이 성에 돌아온 후 전쟁 준비에 소홀했다는 이유를 들어 장광 장군의 직책을 강등하고 병권을 거두어들였습니다. 이에 장광 장군은 분을 이기지 못하고 소인을 보내 항복을 청한 것입니다."

손책 등이 반신반의한 표정을 지으며 아무 말도 없자 황찬이 재빨리 말을 이었다.

"도응이 장광 장군의 병권을 몰수할 때 이렇게 말했습니다. 자신에게 필요한 건 군기가 엄명한 군사지 장광 휘하의 오합지졸이 아니라면서, 장광의 오합지졸을 기율이 엄격한 호표의 군대로 조련하겠다고 말입니다. 주위의 아첨꾼들이 도응에게 부화뇌동하는 통에 장광 장군은 감히 반대하지 못하고 어쩔 수 없이 병권을 내놓아야만 했습니다."

도응 군대의 엄정한 기율이야 손책과 주유 등이 친히 목도한 터라, 기강이 해이한 장광의 군대를 보고 도응이 불만을 느끼는 건 당연해 보였다. 이에 황찬의 말이 완전히 거짓은 아니라고 여긴 손책은 주유와 눈빛을 교환한 후 황찬을 잠시 장중에 가두어두고 논의에 들어갔다.

"여러분들이 보기에 장광의 항복 편지가 사실인 것 같소?"

손책의 질문에 황개가 먼저 입을 열었다.

"칠 할은 진실로 보입니다. 도응은 나이가 젊어 혈기왕성한
데다 재주가 대단하다고 자부하는 자입니다. 더구나 우리와의
싸움에서 연전연승해 안하무인이 되어 장광을 깔보다가 둘 사
이에 충돌이 일어난 것이 분명합니다."

정보도 황개의 말에 맞장구를 쳤다.

"저도 그리 생각합니다. 장광의 군대가 기강이 해이하고 전
투력이 약하다고 여긴 도응이 이들을 군자군처럼 조련하려는
것은 지극히 정상적인 일입니다."

광릉 공격을 질질 끌까 봐 내심 걱정하던 손책은 이 말을
듣고 크게 기뻐했다. 하지만 완전히 마음을 놓을 수 없었던 손
책은 눈길을 주유에게 돌렸다.

주유는 입가에 손을 얹고 잠시 고민하더니 주저하며 말했
다.

"아무래도 마음에 걸리는 것이 있습니다. 도응이 친히 광릉
전군을 관장하려는 것은 매우 당연해 보입니다. 하지만 전투
를 앞에 두고 장수를 교체하는 것은 병가에서 크게 금기시하
는 일인데, 약삭빠른 도응이 이를 어찌 모를 리 있겠습니까?"

이 말을 듣자 손책도 수긍한다는 듯 고개를 끄덕이며 물었

다.

"그럼 장광의 항복 편지는 거짓일 확률이 높다는 말인가?"

"꼭 그렇지는 않습니다. 전투에 임해 장수를 교체하는 모험을 감행한 사례가 역사에도 종종 나타났습니다."

손책이 미간을 찌푸리며 말했다.

"이것 참 난처한 상황이 아닐 수 없구려. 장광이 거짓 항복한 것이라면 도응의 계략에 떨어져 참패를 면할 수 없지만 만약 장광이 진실로 항복했는데도 이를 믿지 않는다면 광릉을 접수할 호기를 잃게 되는 것이니 말이오."

주유도 미간을 찌푸리며 이리저리 고민하다가 문득 좋은 생각이 났는지 다급히 말했다.

"백부, 장광의 항복이 진심인지 거짓인지 판별할 좋은 계책이 하나 떠올랐습니다!"

이 말에 손책은 귀가 번뜩이며 주유에게 다그치듯 물었다.

"그래, 무슨 계책인지 얼른 말해보게나."

주유는 잠시 생각을 정리한 후 단호하게 말했다.

"아주 간단합니다. 장광에게 도응의 기사(騎射) 비밀을 알려달라고 요구하는 것입니다. 장광은 도응의 부장이라 장기간 함께 있었기 때문에 이를 절대 모를 리 없습니다. 만약 그가 순순히 이를 알려준다면 의심할 여지없이 진심으로 항복하는 것이요, 만약 이런저런 이유를 들어 말해주길 꺼려한다거나

아군이 광릉성 안으로 들어오면 알려주겠다고 유인한다면 두
말할 것 없이 거짓 항복입니다."

손책이 무릎을 치며 주유의 계책에 감탄했다.

"오, 절묘하도다! 그가 도응의 일급비밀을 고의로 감추려 한
다면 거짓 항복이 분명하겠구나!"

의견이 모아지자 손책은 당장 주유의 계책대로 편지를 쓴
다음 황찬이란 자를 다시 불러 성에 돌아가 장광에게 이 편지
를 전하라고 명했다. 이에 황찬은 장광이 도응에게 병권을 빼
앗긴 후 광릉성 북문에 배치됐다면서 이렇게 말했다.

"손 장군, 사실 장광 장군은 시간을 지체하면 문제가 생길
까 걱정하고 있습니다. 더욱이 기밀이 새나갈까 염려하고 있
는 탓에 오늘밤 안으로 성문을 열어 장군의 대군을 맞이할 준
비를 이미 마쳤습니다. 장군께서 소인의 말을 믿으신다면 몰
래 일군을 광릉성 북문으로 보내주십시오. 만약 장광 장군이
성문을 열지 않는다면 그 자리에서 제 목을 치시면 됩니다."

손책이 영채 밖의 야색을 보니 오늘밤은 날씨가 좋지 않아
먹구름이 짙게 깔리고 달빛도 없었다. 성지를 기습하기 좋은
날씨에다 황찬의 태도가 거짓이 아니라고 여겨졌다.

손책이 고개를 끄덕이며 말했다.

"좋다. 내 친히 군사를 거느리고 성으로 들어가겠다. 장광
이 성문을 열어 항복해 도응 놈을 사로잡는다면 약속컨대 너

에게 큰 상을 내릴 것이다."

이때 주유는 왠지 불안한 마음이 들어 손책에게 권했다.

"백부님은 몸도 성치 않으니 이 일은 다른 장수에게 맡기는 것이 좋겠습니다."

"아니네. 내가 직접 가는 것이 그래도 낫네. 만약 중간에 협잡이 있다면 함부로 성에 들어가지 않을 터이니 너무 걱정 말게나."

주유는 여전히 마음이 놓이지 않았는지 자신도 함께 가겠다고 청했다.

손책은 고개를 끄덕여 동의한 후 서둘러 3천 정예병을 소집했다. 정보에게는 남아서 영채를 지키라고 명하고, 자신은 주유, 황개, 손하(孫河) 등을 이끌고 황찬을 앞세워 야음을 틈타 광릉성 북문으로 향했다.

다행히 야색이 우중충하고 달도 없는 밤이라 순라를 도는 광릉 군사는 하나도 보이지 않았다. 이에 삼경 때쯤 이르러 손책 대군은 쥐도 새도 모르게 광릉성 북문까지 당도해 해자(垓字) 바로 바깥쪽에 잠복했다.

시간이 시간인지라 성문 위에서는 사람 소리가 거의 들리지 않고 몇몇 병사들만 성을 순시하고 있었다. 손책의 명이 떨어지자 황찬은 해자 앞으로 가 부싯돌을 세 번 쳐 성안에 신호를 보냈다. 그러자 성에서 다리가 서서히 내려왔다. 황찬이 다리를 건너 성 앞에 이르자 이번에는 성 위에서 바구니가 내려 오더니 황찬을 성벽으로 끌어올리고 동시에 재빨리 다리를 거 둬들였다. 한참이 지난 후 다시 다리가 내려오고, 성벽에서는 황찬이 바구니를 타고 내려와 허겁지겁 해자를 건너 손책에게 말안장을 건네며 말했다.

"손 장군, 이것이 장광 장군이 바치라고 한 물건입니다. 장 장군 말로는 장군이 원하는 것이 바로 이 말안장일 테니 실물 을 잘 살펴보라고 일렀습니다."

손책이 다급히 안장을 빼앗아 자세히 살펴보더니 황연히 깨 닫고 소리를 질렀다. 이 안장 양쪽에는 각각 밧줄이 하나씩 늘어져 있고, 아래에는 또 밧줄로 된 고리가 연결돼 있었다. 군자군은 바로 이 고리에 다리를 얹고 몸을 안정시켰기 때문 에 달리면서도 화살을 쏠 수 있었던 것이다. 손책이 고개를 돌 려 주유를 바라보자 주유도 만면에 희색을 띠고서 고개를 끄 덕였다. 손책은 크게 기쁜 나머지 서둘러 황찬에게 명했다.

"황 장군, 즉시 돌아가 장광 장군에게 성문을 열라고 이르 시오. 아군이 광릉을 차지한 후 그대와 장광 장군에게 중한 상을 내리겠소."

황찬은 기쁜 표정을 지으며 연신 고맙다고 답례한 후 서둘 러 다시 성안으로 돌아갔다. 손책은 급히 성을 공격할 준비를 서두르는 한편, 사람을 대영으로 보내 정보에게 화급히 지원군을 보내라고 명했다. 그리고 이때 광릉성 북문에서 내려온 다리가 다시 올라가지 않고, 황찬이 성벽에 올라간 후에 굳게 닫혀 있던 성문이 서서히 열리기 시작했다.

손책은 얼굴에 회심의 미소를 띤 채 칼을 들고 큰소리로 외쳤다.

"하늘이 나를 돕는구나! 당장 성안으로 진격해 한 장군의 원수를 갚는다! 돌격하라—!"

"와—!"

손책군 장병들은 일제히 칼과 창을 들고 큰소리로 고함을 지르며 활짝 열린 광릉성 북문을 향해 돌격해 들어갔다.

"죽여라! 도응을 사로잡는 자에게는 상금 천 냥을 내리고 관직을 올려주겠다! 한 장군을 위해 복수에 나서라! 돌격!"

광릉성 북문이 열리고, 또 장광이 보내온 군자군의 일급비밀을 눈으로 확인하자 더 이상 장광을 의심할 이유가 없어졌다. 그는 칼을 들고서 우레와 같은 목소리로 외친 후 직접 군사를 이끌고 돌진하려고 했다.

하지만 손책의 족제(族弟)인 손하의 행동이 조금 더 빨랐다. 손하는 곧장 일군을 거느리고 가장 먼저 다리를 건너 광릉성 북문을 향해 짓쳐 들어갔다.

이때 주유는 손책의 진군을 만류하며 말했다.

"백부, 병이 아직 다 낫지 않았으니 잠시 물러나 있으십시오."

그러더니 주유가 대신 일단의 병사를 이끌고 성문을 향해 곧장 내달렸다. 주유는 혹시 도응이 침입 사실을 알고 구원하러 달려올까 염려해 병사들을 다그쳐 돌진해 들어갔다. 하지만 이미 악이 받칠 대로 받친 손책군은 주유의 명이 없이도 칼을 높이 휘두르며 바람처럼 다리를 건너 광릉성 북문을 향해 돌격했다.

함성 소리가 성 안팎에 울려 퍼지는 가운데 주유가 성문을 지나 긴 용도(甬道)를 통과할 즈음, 그의 머리 위쪽에서 갑자기 굉음이 울리더니 철문이 그를 향해 떨어졌다.

주유가 미처 손쓸 틈도 없이 철문이 거의 그의 코를 스칠 듯 떨어지며 그가 탄 전마를 두 동강 내버렸다. 순식간에 온몸에 말의 피를 뒤집어쓴 주유는 너무 놀라 그 자리에서 얼어붙고 말았다. 하지만 그는 곧바로 정신을 차리고 군사들을 향해 외쳤다.

"적의 계략에 떨어졌다! 철수하라!"

주유의 이 말이 채 떨어지기도 전에 성벽에서는 함성 소리가 크게 일어났다. 곧이어 무수한 횃불을 든 광릉 군사들이 옹성 안에 갇힌 손책군을 향해 일제히 횃불을 던지기 시작했다. 옹성 안에 미리 준비돼 있던 기름을 바른 장작에 불이 붙으면서 옹성에서는 맹렬한 불길이 하늘로 치솟았다.

가련한 손책 병사들은 철문에 갇혀 빠져나오지 못한 채 불길에 휩싸여 처절한 비명을 질러댔다. 아비규환이나 다름없는 이 현장에는 손책의 족제 손하도 있었다.

이와 동시에 성루에 나타난 군자군은 성 밖에서 어쩔 줄 몰라 당황하는 손책 군사들을 향해 화살을 비 오듯 퍼부었다. 이에 화살에 맞은 자가 부지기수요, 물에 빠진 자 역시 이루 헤아릴 수 없을 정도로 막심한 사상자가 발생했다.

"적에 계략에 빠졌다! 빨리 철수하라!"

후방에 있던 손책도 이 광경을 보고 눈이 뻘겋게 충혈돼 다급히 고함을 질러댔다. 사실 이번 기습에 만전을 기하기 위해 손책은 부친이 남겨준 정예병들을 총동원했는데, 이들이 화광이 충천한 옹성에 갇힌 것은 물론 도응군의 화살에 연이어 쓰러지는 모습을 보자 마음이 찢어질 듯 아팠다.

"와! 와! 와!"

손책이 해자 밖에서 절망의 고성을 부르짖고 있을 때, 광릉성 병사들은 성루에서 환호성을 터뜨렸다. 옹성 안에 갇힌 손책 군사들은 독 안에 든 쥐처럼 화염에 모두 불타죽었고, 성 밖의 군사들은 군자군의 화살에 잇달아 목숨을 잃었다.

무수한 병사들이 쓰러지는 상황에서도 속수무책일 수밖에 없었던 손책은 다급하고 분한 마음에 눈물이 절로 흘러내렸다. 그는 허공을 향해 칼을 연신 휘둘러대며 오열하는 목소리로 부르짖었다.

"도응 놈아, 내 맹세코 너를 죽이고 말리다! 반드시 너를 죽이고야 말겠어—!"

도응군에게 화살을 맞은 후 계속 몸이 좋지 않았던 손책은 고함을 지르다가 갑자기 후두가 화끈거리는 것을 느끼더니 입에서 선혈을 내뿜으며 말에서 그대로 굴러 떨어졌다. 좌우에 있던 장수들이 화들짝 놀라 손책을 부축해 일으켜 세웠을 때, 그의 얼굴은 이미 창백해지고 이마에서는 열이 펄펄 끓었다. 사지도 마치 군자군의 독화살에 맞아 죽은 병사들처럼 이유 없이 계속 경련을 일으켰다.

*   *   *

광릉성 북문 매복전에서 도응 군사들은 전에 맛보지 못한 완벽한 승리를 거두었다.

손책군 대장 손하를 포함해 7백여 명의 적을 옹성 안에서 불살라 죽였고, 동시에 화살과 투석으로 성 밖에 있던 3백 손책군의 목숨을 앗았다. 반면 아군의 손실은 아주 미미해 죽고 다친 자가 겨우 수 명에 불과했다.

어찌됐든 이번 전투를 계기로 광릉성의 인심이 크게 안정되고, 광릉성 군사들의 사기도 크게 높아졌다.

사기가 가장 저하되고 싸울 의지가 별로 없었던 착융의 항병들도 이 승리로 인해 자신감이 충만해졌다. 이제는 손책군이 다시 쳐들어오면 광릉성 군대의 위력을 보여주겠다며 단단히 벼를 정도가 되었다. 이와 동시에 군사들 사이에서 도응의 명성과 위세도 한층 더 올라가 누구도 도응의 말을 허투루 듣는 자가 없었다.

그런데 이때 광릉 군사들의 고개를 갸웃하게 만드는 일이 일어났다. 손책군이 퇴각해 영채로 돌아간 후 연이어 이틀 동안 아무런 움직임도 보이지 않은 것이다. 다혈질의 손책이라면 분을 이기지 못해서라도 성을 공격하러 와야 정상이거늘, 패배를 당하고도 전혀 공격 조짐이 없었다. 마치 광릉성 공격 계획을 이미 포기한 것처럼 손책군의 영채는 쥐 죽은 듯이 고요했다.

이에 대해 광릉의 뭇 장수들은 손책의 의도가 무엇인지 몰라 답답한 마음을 금할 길이 없었다. 도응 역시 의심이 가기는 매한가지였다. 현재 손책군의 군량 비축량으로 봤을 때 하루라도 시간을 지체해서는 안 되는 형편인데, 왜 이틀이나 군대를 움직이고 않고 꼼짝 않는 것일까?

누구도 갈피를 잡지 못하고 있는 사이에 손책군이 안병부동(按兵不動)한 지 사흘째가 되었다. 홍평 원년 구월 열사흘 날 오전, 성을 나갔던 서주군 초병이 나는 듯이 광릉성으로 돌아와 엄청난 소식을 알려왔다.

그간 아무런 움직임도 없던 손책 진영에서 오늘 갑자기 흰색 조기가 펄럭이고, 장수와 병사 할 것 없이 모두 애도를 표할 때 쓰는 백색 천조각을 가슴에 걸었다는 것이다! 이로써 보건대, 손책군 진영에서 지위가 매우 높은 장수가 유명을 달리한 것이 틀림없어 보였다.

이런 엄청난 변고가 발생하자 장광을 위시한 서주 장령들은 지체 없이 도응을 찾아가 후속 대책을 논의했다. 이들 대부분은 병력을 대거 이끌고 출격하여 이 기회에 손책군을 쓸어버리자고 주장했다.

서주 장수들이 입을 모아 출전을 요청했지만 도응은 선뜻 결정을 내리지 못했다. 삼국지를 섭렵한 도응은 주유가 이와 유사한 계략으로 조인을 물리친 일을 잘 알고 있었기 때문이다.

이에 도응은 한참 동안 고민하다가 시선을 노숙에게 돌려 물었다.

"군사가 보기에 적군의 애사(哀事)가 우리를 유인하기 위한 계략 같지 않습니까?"

노숙은 아주 명쾌하게 대답했다.

"상황이 불명하여 판단하기 어렵습니다. 숙이 보기에는 조용히 기다리며 그 변화를 살피는 것이 가장 좋은 방법입니다.

함부로 출전했다가는 예기치 못한 봉변을 당할 수도 있습니다."

노숙의 말은 도응의 생각과 꼭 같았다. 서주 군대의 목적은 광릉을 보위하는 것으로 손책군에게 타격을 입히는 것은 나중 문제였다.

손책군에 정말 변고가 발생했다면 머지않아 분명 퇴각할 테니 가만 앉아서 광릉성을 지켜낼 수가 있다. 반대로 손책군이 유인책을 쓰는 것이라 해도 우리가 군대를 움직이지 않으면 식량이 거의 다한 손책군은 권토중래를 노릴 수밖에 없다. 생각이 여기까지 미친 도응은 고개를 끄덕이며 말했다.

"군사의 말이 지극히 옳소이다. 군대를 움직이지 말고 상황을 유심히 지켜봅시다."

이 말에 서주 장령들은 즉각 반대하고 나섰다.

"공자, 이번 호기를 놓치면 다시는 기회가 찾아오지 않습니다! 며칠 전 매복전에 크게 당한 손책군은 예봉이 꺾인 데다 일원 대장의 상까지 당해 사기가 떨어질 대로 떨어졌습니다. 지금이 바로 적을 격퇴할 천재일우의 기회입니다!"

이런 다그침에도 도응은 침착하게 물었다.

"다 맞는 말입니다만 혹시 이런 생각은 안 해보았습니까? 사흘 전 저녁에 적군의 주요 장수가 죽었다면 왜 이틀 동안 아무 움직임도 없다가 오늘에야 이르러 애도를 표하는 것일까요?"

서주 장수들이 꿀 먹은 벙어리가 되어 아무 말도 없을 때, 장광의 종제인 장현(章玄)이 앞으로 나서 이에 대해 반박했다.

"사흘 전 적의 장수가 우리의 화살에 중상을 입었지만 그 자리에서 죽지 않았기 때문입니다. 그래서 이틀 동안 아무런 움직임도 없다가 바로 어제 저녁이나 오늘 아침에 적장이 숨을 거두어 비로소 대영에 조기를 건 것입니다."

서주 장수들은 장현의 말에 고개를 끄덕이며 일리가 있다고 여겼다.

하지만 도응은 침착하고 냉정하게 말했다.

"만약 그렇다면 더 의심이 가는군요. 입장을 바꿔서 한 번 생각해 봅시다. 저라면 이런 상황에 닥쳤을 때 굳이 이 사실을 알리지 않고 조용히 물러날 것 같습니다만. 하물며 손책과 주유 같은 인물이 이런 우를 범했을 리 없습니다. 그래서 설사 호기를 잃는다 해도 성을 나가 싸우는 모험은 절대 감수하지 않겠소이다!"

장현 등 서주 장령들은 도응이 너무 의심이 많고 다겁하다는 생각에 답답해 미칠 노릇이었다. 결국 장광까지 나서자 도응은 뭇 장수들 앞에서 서주 노장의 청을 거절하기 어려워 마지못해 고개를 끄덕이며 말했다.

"좋소. 그럼 장 장군의 청을 받아들이리다. 장현 장군은 1천 군사를 거느리고 출전하여 적의 허실을 알아보도록 하시오."

"예!"

장현은 그제야 만족한 표정을 하고 대답했다.

"하지만 신중해야 할 것입니다. 손책은 예사 인물이 아니고, 주유는 속임수와 꿍꿍이가 많소이다. 이번 출전의 관건은 승패보다 적의 허실을 탐지하는 것임을 명심하십시오."

장현이 알겠노라고 대답하자 도응은 그제야 군중에서 명을 내릴 때 사용하는 영전(令箭)을 건넸다. 장현은 1천 군사를 거느리고 출전하고 장광 등은 뒤에서 접응이 되었다. 도응은 노숙, 도기, 서성 등을 데리고 서문 성루에 올라가 전투를 지켜보기로 했다.

곧이어 장현이 1천 병사를 거느리고 손책 진영 앞으로 가 싸움을 걸었다. 하지만 손책군은 출전하여 싸울 의사가 전혀 없는 듯, 서둘러 목책 뒤에 궁노수를 배치하여 영채 강화에만 신경 썼다.

장현 군대가 아무리 욕을 퍼붓고 도발을 해도 손책군은 영채를 굳게 지킬 뿐 나와 싸우려 하지 않았다. 나중에는 장현이 욕하다 지쳐 아예 영채를 향해 돌격하려 했으나 손책 진영에서 일제히 화살을 쏘아대는 통에 어쩔 수 없이 군사를 거느리고 성으로 돌아와야만 했다.

이를 본 노숙마저 심적 동요가 일어나 도응에게 말했다.

"공자, 손책이 속임수를 쓰는 것이라면 장현이 싸움을 거는 틈을 타 공격해 군사들의 사기를 회복할 수 있었을 텐데, 왜 이 기회를 마다했을까요? 영채에 진짜 큰 문제가 생긴 것인지도 모릅니다."

도응이 고개를 가로저으며 대답했다.

"장현의 1천 군사를 쳐봤자 이번 전투의 승부에 아무런 영향도 미치지 못합니다. 따라서 손책은 이 전투의 승부를 결정지을 기회를 노리고 있을 겁니다. 더 큰 물고기를 잡으려 하는 것이죠."

노숙은 고개를 끄덕이며 도응의 견해에 깊이 동감했다. 노숙은 더 이상 의심을 갖지 않고 도응을 거들어 서주 장수들을 설득했다. 적진을 야습하겠다는 장수들의 요청을 거절하고, 조급해하지 말고 조금만 더 기다려 보자고 권했다. 이에 서주 장수들도 더는 얘기를 꺼내지 못한 채 장령의 소심함 때문에 절호의 기회를 놓치게 된 것을 한탄했다.

어둠이 금방이라도 광릉 대지를 뒤덮을 무렵, 서문을 지키던 장수 진월(陳越)이 도응에게 사람을 보내 급보를 알렸다. 적장 하나가 부하 수십 명을 거느리고 항복했는데, 현재 이자들을 성안으로 불러들여 무장 해제시키고 삼엄하게 지키고 있다는 전갈이었다. 도응은 이 전갈을 받고 화급히 명을 내렸다.

"무리를 이끌고 온 적장은 태수부로 압송하고, 나머지 항병은 각기 따로 잡아 가두어라. 그들을 좋은 말로 타일러 심문한 연후 그들이 진술한 내용을 취합해 모두 나에게 보내라."

전령이 명을 받들고 나간 지 얼마 지나지 않아 포승줄로 꽁꽁 묶인 항장이 태수부로 압송되어 왔다. 장광과 노숙도 이 전갈을 받고 항장을 심문하러 급히 태수부로 향했다. 손책군 항장은 도응을 보자마자 무릎을 꿇고 머리를 조아리며 아뢰었다.

"죄장 부영, 서주의 도 공자를 배알합니다."

"그대의 이름이 부영인가? 관직은 무엇이며, 누구 휘하에 있느냐?"

도응은 질문을 던진 후 부영이란 자를 위아래로 훑어보았다. 보기에 스무 살 정도로 매우 젊었고, 네모진 얼굴에 당당한 외모가 간사한 무리 같아 보이지는 않았다.

"죄장 부영의 자는 고원(高元)으로 현재 부곡장(部曲將)을 맡고 있으며, 좌장군 원술의 심복대장 기령의 휘하입니다. 원 장군께서 손책의 이번 동정을 꺼림칙하게 여겨 병력을 이동시킬 때, 기령 장군이 몇몇 심복을 몰래 손책 군중에 심어놓았습니다. 이들은 명목상으로는 종군이지만 실제로는 손책 감시 임무를 띠고 있습니다. 소인도 그중 한 명입니다."

도응과 노숙은 서로 눈빛을 교환하며 맘속으로 몰래 웃음을 지었다. 도응이 다시 물었다.

"부영, 그대는 기령의 심복에다가 손책을 몰래 감시하는 중임을 맡았는데 왜 내게 항복하러 온 것이냐?"

부영은 머리를 조아리며 대답했다.

"죄장은 어쩔 수 없이 항복하러 온 것입니다. 죄장이 만약 급히 빠져나오지 못했다면 정보와 황개는 분명 제 목을 베어 손책과 함께 순장했을 것입니다!"

이 말에 도응은 깜짝 놀라 다급히 물었다.

"손책과 순장한다고? 그게 대체 무슨 의미냐? 설마 손책이 이미 죽기라고 했단 말이냐?"

"그렇습니다. 손책이 동성 전투에서 독화살을 맞은 후 독성이 점점 골수에 들고 고열이 떨어지지 않다가 어젯밤 사경 때 금창(金瘡)이 터지고 사지가 경련을 일으키더니 그만 죽고 말았습니다."

도응은 자리에서 벌떡 일어나더니 그날 동성에서 있었던 전투 장면을 급히 떠올리기 시작했다. 군자군이 말똥을 발라 쏜 화살에 손책이 분명 몇 발을 맞았고, 이 상처를 통해 손책의 몸에 파상풍 간균이 침입해 감염됐을 확률이 매우 높았다. 파상풍의 발작 증상은 바로 고열이 내려가지 않고 사지에 경련이 일어나는 것이었다. 여기까지 생각이 정리되자 도응은 크게 기뻐하며 서둘러 물었다.

"부 장군, 손책이 중상을 입고 죽게 된 전후 과정을 좀 더 소상히 말해보시오."

이에 부영은 자신이 알고 있는 손책의 사망 과정을 상세히 진술했다. 광릉성 북문 싸움에서 손책은 자신의 군사들이 매복에 걸려 도륙당하는 것을 보고 분을 못 이겨 울부짖다가 그만 그 자리에서 혼절해 말에서 떨어지고 말았다. 정보, 황개 등이 손책을 구해 돌아온 후에도 그는 여전히 정신을 잃고 깨어나지 못한 채 고열이 떨어지지 않아 의관도 어찌 손을 쓸 방도가 없었다. 그래서 손책군은 이틀 동안 감히 영채를 나가지 못하고 꼼짝 않고 있었다. 그런데 어젯밤 사경 때쯤 손책의 병세가 갑자기 악화되더니 사지에 경련이 일어나는 고통 속에서 죽고 말았다. 이에 오늘에야 비로소 손책군은 조기를 걸고 그의 죽음을 애도했다는 것이다.

도응은 부영의 이야기를 쭉 듣고 파상풍의 위력에 새삼 놀라며 다시 물었다.

"손책이 죽었는데 왜 정보와 황개 등이 그대의 목을 베어 손책과 함께 순장하려는 것이오?"

"이 일의 시초는 공자로부터 비롯되었습니다. 공자가 사람을 시켜 수춘에 방문을 붙인 사실을 부정하지는 않으시겠지요? 좌장군이 이를 보고 손책이 두마음을 품었다고 의심해 먼저 원윤을 보내 회군을 명했습니다. 그런데 손책이 명을 거역

하자 좌장군은 발연대로하여 손책의 뒤를 봐주는 여범을 당장 하옥하고, 이어 기령 장군에게 3만 대군을 이끌고 동진하여 손책을 잡아들이라 명했습니다. 그런데 손책이 급사하자 그의 심복인 정보와 황개는 군영에 있는 원술의 부하들을 모두 죽이고 손책의 시신을 호송해 장강을 건너 단양태수 오경에게 투신할 준비를 하는 중입니다."

부영이 손책 진영의 상황을 이렇게 속속들이 알리자 의심 많은 도옹도 고개를 끄덕이며 어느 정도는 수긍하는 눈치였다. 그런데 이때 노숙이 재빨리 끼어들어 부영을 다그쳤다.

"수춘에서 진행된 일을 정보와 황개가 어찌 알 수 있단 말이오? 또 그대는 이 사실을 어떻게 안 것인지 얼른 말하시오!"

"수춘에는 여범 외에 주치(朱治)라는 손책의 심복이 있습니다. 좌장군이 여범을 투옥하고 기령 장군을 출진시키자 주치는 일이 크게 잘못됐음을 알고 처자식을 버린 채 단기로 손책에게 이 사실을 알리러 왔습니다. 그런데 주치가 군영에 당도했을 때는 이미 손책이 죽은 뒤였습니다. 정보, 황개, 주유 무리는 주치에게 이 사실을 모두 전해 듣고 소인이 앞서 말한 일을 꾸민 것입니다."

"그대는 원술의 충신이라 정보와 황개 등이 자신들이 모의한 일을 그대에게 알려주었을 리가 없었을 텐데⋯ 그건 어찌 설명할 것이오?"

부영은 도웅의 추궁에 식은땀을 흘리며 말을 이었다.

"사실 이는 소인이 매수한 정보의 친병에게서 들은 말입니다. 손책을 좀 더 철저히 감시하기 위해 손책 심복의 친병을 매수했습죠. 정보 등이 이런 흉계를 논의할 때, 그 친병이 마침 그 자리에 있다가 이 얘기를 듣고 소인에게 몰래 알려주었습니다. 이에 소인은 화를 면할 수 없음을 알고 밤에 몰래 원술의 부하들만 이끌고 공자에게 투항하러 온 것입니다."

부영은 여기까지 말한 뒤 한마디를 더 덧붙였다.

"소인이 매수한 정보의 친병도 함께 투항했으니 믿지 못하시겠다면 그에게 자세한 정황을 확인해 보십시오."

도웅은 아무 말도 하지 않고 한참을 고민하더니 먼저 부영을 관아로 압송하라 명한 다음 다른 항병들의 자백을 빨리 취합해 보고하라고 지시했다. 부영이 말한 정보의 친병까지 엄하게 추궁한 후 도웅 등이 내린 결론은 부영의 말이 모두 사실이라는 것이었다.

이에 도웅은 속으로 쾌재를 부르며 장광에게 분부를 내렸다.

"장 장군, 각 장수들에게 출전을 준비하라 명하고 오늘밤 이경에 태수부로 모두 집합시키십시오."

"예!"

장광은 공수하여 대답한 후 즉시 영을 전하러 나갔다.

도웅은 다시 노숙을 향해 웃으며 명했다.

　"군사도 도기와 서성 등에게 전마를 배불리 먹이고 무기를 갖추어놓도록 명하십시오. 그럼 오늘밤 손책군을 대파하러 가볼까요?"

　노숙이 명을 받고 나가자 도웅은 흥분된 마음을 가라앉히려고 노력했다.

　당대의 영웅인 손책을 죽인 데다 그의 걸출한 부하들까지 무찌를 생각을 하자 뛰는 가슴이 도무지 진정되지 않았다. 도웅이 승리감에 도취해 오늘밤 작전 계획을 세우려는 순간, 한 가지 생각이 돌연 그의 머리를 강타하고 지나갔다.

『전공 삼국지』 3권에 계속…

초대형 24시 만화방

신간 100%, 샤워실, 흡연실, 수면실(침대석), 커플석, 세탁기 완비

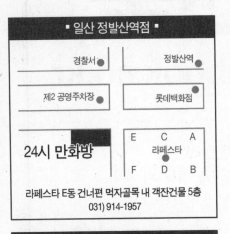
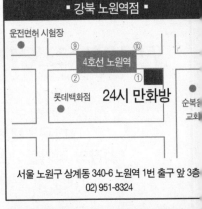
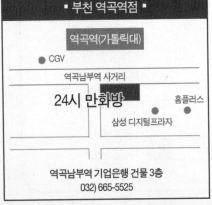
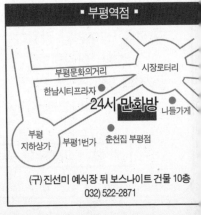

이모탈 퓨전 판타지 소설
FUSION FANTASTIC STORY
워리어
Warrior
최강의 병기 메카닉 솔져,
판타지 세계로 떨어지다!
서기 2051년.
세계 최초의 메카닉 솔져 이산은
새로운 세계에 발을 딛게 된다.
"나는… 변한 건가?"
차가운 기계에서 따뜻한 피가 흐르는 인간으로!
카이론의 이름으로 새롭게 시작하는
진정한 전사의 일대기!
Book Publishing CHUNGEORAM
유행이 아닌 자유추구 -
www.chungeoram.com

내일을 향해 쏴라

김형석 장편 소설

FUSION FANTASTIC STORY

1만 시간의 법칙!
'성공은 1만 시간의 노력이 만든다'는 뜻이다.

그러나…
사회복지학과 복학생 수.
전공 실습으로 나간 호스피스 병동에서
미지와 조우하다.

1만 시간의 법칙?
아니, 1분의 법칙!

**전무후무한 능력이 수에게 강림하다!
맨주먹 하나로 시작한 수의
인생역전이 시작된다!**

Book Publishing CHUNGEORAM

유행이 아닌 자유추구~
WWW.chungeoram.com

박선우 장편 소설
FUSION FANTASTIC STORY

PERFECT GAME

퍼펙트 게임

고통과 좌절의 시간들을 뛰어넘어
불사조처럼 일어나 세계를 제패한 사나이의 일대기.

대한민국을 넘어 메이저리그를 평정하며
명예의 전당에 헌정된 언터처블 투수, 이강찬.

강철 같은 어깨에서 뿜어져 나오는 그의 패스트볼은
무적이었으며 야구계에 길이 남을 **신화**였다.

야구만을 사랑했던 고독한 사나이.
그의 퍼펙트게임이 이제 시작된다!

Book Publishing CHUNGEORAM

가프 장편 소설

관상왕의
1번룸

FUSION FANTASTIC STORY

거대한 도시의 그늘에서 벌어지는
짜릿하고 통쾌한 이야기!

『관상왕의 1번룸』

텐프로의 진상 처리 담당, 홍 부장.
절망적인 삶의 끝에서 만난 남국의 바다는
그를 새로운 인생으로 인도하는데…….

쾌락을 원하는 거부, 성공에 목마른 사업가,
그리고 실패로 절망한 사람들이여.

여기, 관상왕의 1번룸으로 오라!

Book Publishing CHUNGEORAM

유행이 아닌 자유추구 -
WWW.chungeoram.com

현대 소환술사

THE MODERN SUMMONER

FUSION FANTASTIC STORY

현윤 퓨전 판타지 소설

하늘이 무너져도 솟아날 구멍은 있다!

드래곤의 실험으로 모진 고난을 겪어야 했던 레비로스!
우여곡절 끝에 소환술사가 되어 최강의 자리에 오르지만
운명은 그를 나락으로 떨어뜨린다.

『현대 소환술사』

다시 한 번 주어진 삶!
그러나 그마저도 암울하기 그지없는데……

소환술사 레비로스의
인생 역전이 시작된다!

Book Publishing CHUNGEORAM